グーラー
クーシー
CHARACTER

座敷童
北川歌麿

もくじ

モブ高生の俺でも冒険者になればリア充になれますか？

モブ高生の俺でも冒険者になればリア充になれますか？

百均

BRAVENOVEL
ブレイブ文庫

第一話　先生、モブキャラの俺でも冒険者になればリア充になれますか？

――スクールカースト、なんて最初に言い出した奴は頭がいいと思う。

身分社会を表すカースト制と、クラス内の力関係は、なるほどと唸るほど一致してる。

おそらくこれを最初に言い出したのは、中の下か下の上あたりの奴だろう。

そのくらいの位置の奴が、上も下も良く見える。

たぶんクラスのほとんどの奴は、自分が中のグループかちょい落ちる位にいると思っていて、だからこのスクールカーストって言葉は世間に広く受け入れられたんだろう。

でも実際のところ、自分がどの位にいるのかなんてわかりはしない。

自分は中のグループにいると思ってても、実際はクラスのみんなから陰で見下されてるかもしれない。ちょっとトイレに行った時には、さっきまで一緒に笑ってた友達が自分の悪口で盛り上がってるかもしれない。SNSじゃあ、自分を省いたグループが作られてる……。

そんな恐怖と戦いつつ、みんな自分のスクールカーストを維持しようと必死こいてる。

あるいは、頑張って上の方にさえ行ってしまえば、こんな恐怖に怯えずにも済むのかもしれない。

実際のところはわからないが、下から見た上の風景はずいぶんとのびのびしていて快適そうだ。

でも、もし上の奴らの仲間入りをしようとして失敗したら……それはもう悲惨だ。

スクールカースト最下位を押し付け合ってる中の下から下の上の奴らは抜け駆けを決して許さない。

そもそも、カースト上位には上位の理由がある。

コミュ能力と容姿と運動神経か頭脳——生まれ持った才能の壁。

そのどれも突出してない俺たちは、今日もモブに甘んじる。

授業中、リア充グループのたいして面白くもないジョークに愛想笑いを浮かべ、クラスのRINEでは機械的にスタンプを送り、ウィスパーにいいねを付ける。

そうやって高校三年間過ごすもんだと、思ってた。

でももし、上に成り上がる方法が目の前に開けたら？

容姿でも、運動神経でも、ユーモアのセンスでもなく、今から努力して間に合う……全く新しい成り上がりの手法。

悩んで悩んで悩んで……俺は決めた。

命の危険もある。お金もかかる。貴重な青春の時間を棒に振るかもしれない。

それだけ頑張っても、無駄になるかもしれない。

それでも俺は————。


朝。教室の扉を開けると、一瞬だけ視線が集まったのを感じた。しかしそれも本当に一瞬のことで、すぐに視線は散っていく。

「おはよう」

挨拶に対する返事も特になく、目が合った二、三人だけ小さく手を上げてくる。

そんないつも通りの光景を、今日はしっかりと目に焼き付ける。

これが、今の俺……北川歌麿《きたがわうたまろ》のクラスの立ち位置。

好かれても嫌われてもいない……無関心に近い、いてもいなくてもどうでもいいヤツ。

それを静かな心持ちで再確認して、俺は窓際の自分の席へと向かう。

そこにはすでに友人の東野《ひがしの》と西田《にしだ》がおり、俺の席を挟んでだべっていた。

東野はチビガリのロンゲ、西田は小太りの眼鏡である以外はごく普通の顔立ちをした、特徴のない容姿をしている。……つまり、俺と同じような容姿レベルだ。

「はよー」

「おはよ」

席に腰掛けながら挨拶を交わす。するとさっそく西田が話しかけてきた。

「なあマロ、聞いてくれよ」

マロ、とは俺のアダ名のことだ。基本的に俺たちは苗字で呼び合ってるのだが、俺に関しては歌麿という特徴的な名前からアダ名がつけられてしまっていた。

「んだよ」

「昨日さ、東野がモンコロ動画貸してくれたわけよ。女の子モンスターオンリーで、セクシーシーン満載のやつ」

モンコロ、か……。

――約二十年前に世界中で現れた迷宮と、そこで手に入るモンスターを召喚できるカード、そしてカードを使い迷宮を攻略していく冒険者という新たな職業は、人々の生活を大きく変えた。

迷宮が現れてから生まれた俺たちからすれば、それ以前の世界が想像できないほどに。

モンコロ――モンスターコロシアムは迷宮登場以降に現れた新たな娯楽の一つで、冒険者が召喚したモンスターたちを戦わせる人気番組だ。俺たちはそれを見るのが共通の趣味だった。

「俺もう家に帰る前から楽しみで楽しみで。家に帰って速攻パンツ脱いで再生したわけ」

「今のパンツ脱いだくだり、いる？　朝から不快な思いにさせないでほしいんだけど」

ちょっと想像しちまったじゃねぇか、と顔を顰める。

「すまんすまん。でさ、確かに全部女の子モンスターだったよ？　セクシーシーンも満載だったさ。でもよー……」

そこでがっくりと項垂れる西田。

「全部ババアだった……」

「ああ……」

なるほど、そりゃツレーわ……。

「人聞き悪いこと言うな。全然ババアじゃねぇから。全部二十代くらいのお姉さんだったろうが！」

東野が憤慨しながら言う。

「そうなん？」

「ああ。密林でも星5レビューばっかの人気作だっつの。あとでマロにも貸してやるわ。巨乳も結構多いからさ」

「マジか！　頼むわ」

やっぱ持つべきものは友だな。

俺がにんまりしていると、復活した西田が割り込んできた。

「いやいやいや、ちょっと待ってくれよ。二十代っつったら普通にババアでしょ。旬から何年過ぎてんだよ」

「全然過ぎてねぇよ。むしろ最も食べ時だろうが。年上のお姉さん最高じゃん。いつかオネショタで童貞捨てるのが俺の夢だから」

「あり得ないわ。十二才過ぎたらもうババアだから。ババアで童貞捨てるなら魔法使い目指す方がマシだろ」

「死ねよ、ロリコン」

「何がオネショタだ。言っとくけどお前もうショタじゃねぇから」

「貴様ぁぁ！」

よせよせ！　俺は慌てて二人の間に入った。

「なにくだらないことで喧嘩してんだよ。朝から勘弁してくれよ」

ため息を吐きながらそう言う俺に、二人はじっとりとした視線を送ってくる。

「マロはいいよな。ストライクゾーン広いしさ。巨乳なら年齢にこだわりないもんな。ロリも長身お姉さんもいけるだろ？」

「家に帰れば小五の妹さんもいるもんな。アイちゃん可愛いよな。マロの妹とは思えん。お風呂とか一緒に入ってんの？」

「東野はともかく西田！　テメー、うちの妹になんかしたらマジで殺すぞ！」

俺は性犯罪者予備軍のキモ豚に本気の殺意を叩き付けた。

まだコイツの性癖を知らなかった頃、家に招いたのは俺の人生で最大の失敗だった。

かつてコイツと本屋に行ったとき、陳列されていたロリコン漫画を見て言った「コミックL○は聖書」というセリフを、俺は一生忘れないだろう。

「あー、つかモンスターカード欲しいな〜。リアルの女は年取ったらババアになっちまうけど、モンスターは年取らないもんな。マジで永遠のロリだからな」

「たしかに、俺もなんでも甘やかしてくれるお姉さんモンスターが欲しいわ。俺がおっさんになっても爺になっても年下の男の子扱いしてくれるお姉さん……最高だわ」

欲望丸出しだな、コイツら。

とは言え、二人の言葉は性癖を除けば全国の男が言っていることでもある。

自分だけの女の子モンスター、それはもはや世界中の男の夢だった。

カードから呼び出されるモンスターは、世界各地の伝承や神話の通りの姿と能力を持つ。

エルフ、サキュバス、各種神話の美の女神たち……。

カードを手にさえすれば、幻想の存在とされていた者たちが、伝承にある通りの容姿と能力を持って実際に現れ、自分の言いなりになるのだ。

これに興奮しない奴は男じゃなかった。

「だったらよー、冒険者になれば？　そしたらいつか手に入るかもしれないぜ？」

「どんだけ先の話だよ。なるだけで百万以上かかるじゃん」

「なったとしても女の子モンスターって、同ランクの男モンスターと比べても異常に高いからなぁ～。値段数倍以上は違うもんな」

それはお決まりの落ちだった。

バカ話をしているうちにいつの間にか冒険者や女の子モンスターの話題に移り、そして適当なところで諦めを口にする。

会話の内容に深い意味はない。ただ教室という小さな世界の中で、会話をしていないということを避けるだけの潤滑油だった。

と、その時だった。勢いよく教室の扉が開けられたのは。

「おっはよーう！」

自信に満ちた、エネルギー溢れる挨拶。

そこに立っていたのは、軽く整髪料で短髪を逆立てた中肉中背の少年。顔だちは……中の下か下の上といったところか。ところどころに散ったニキビ跡と、上向きの豚鼻が顔面偏差値を十ほど押し下げている。

一見したら俺たちと同じモブキャラ……しかしクラスメイトたちの反応は違った。

「おー、おはよー！」

「南山《みなみやま》君、今日は遅いねー」

男子も女子も、にこやかに南山へと進んで挨拶をしていく。

南山はそれに「はよっす！」「いやー、ちっと電車一本乗り過ごしてさ」などとにこやかに対応していった。

ふいに、目が合う。

「おはよ」

「……おー」

礼儀として挨拶をすると、短くそれだけ返され、すぐ目を逸らされた。まるで興味なしという態度。

そのまま南山はクラス中心部で机を占拠していたグループに近づくと、ドカリと椅子へと腰掛けた。

「うっす！」

「おー、南山。遅かったな」

「ねーねー、南山の眼から見て昨日のモンコロ、どうだった？」

南山を笑顔で出迎えるのは、このクラスにおけるカースト上位勢。

強豪校で知られるわが校の野球部——そのエースである高橋《たかはし》。

クラス一のユーモアセンスを持つぽっちゃり系の小野《おの》。

読者モデルをやっているという学年一の美少女、四之宮《しのみや》さん。

そして……四之宮さんの親友で、母性的な胸元が魅力的な牛倉《うしくら》さん。

どこかキラキラと輝いて見える彼らの中に、何の躊躇もなく入り込んでいった南山は、どこか自慢げに語り始めた。

「昨日のモンコロって、ケンタウロスとデュラハンだっけ？　うーん、正直俺の眼から見て、イマイチだったかな。勝ったのはデュラハンだったけど、パワーによる力押しだったのがガッカリ。あれなら今のオレが使っても結果は変わらなかったって感じ。その一方で、ケンタウロスはうまく立ち回ってて感心したね。実況はデュラハンを褒めてたけど、あのアナは元冒険者じゃないし、やっぱそこらへんは知ってる人じゃないとわかんないんだろうな」

「へぇ～～。やっぱそういう感じなんだ。私から見るとただモンスターってすごいとしか思えなかった」

南山の早口の解説に、四之宮さんが感嘆の声を上げる。

「俺も、デュラハンめっちゃつえーとしかわかんなかったわ」

「南山くん、なんか本当に冒険者みたいやな」

「本当にてどういう意味だっつの」

「アハハハハ」

盛り上がる彼らを見ていた東野が、ぽつりと呟いた。

「南山……変わったよな」

「ああ、すっかりリア充グループの仲間入りって感じ」

二人の感情の抜け落ちたような……いや、押し殺した声を聴いて、俺は軽く目を閉じた。

……今ではれっきとしたカーストトップ勢の南山だが、奴はほんの半年ほど前までは俺たちとだべっていたモブキャラだった。

高校に入学し、席が近いことをきっかけにつるみ始めた俺たちは、特に入りたかった部活もなかったということで、適当に遊び歩く日々を送っていた。

誰かの持ってきた漫画を回し読みしてその話で盛り上がったり、ゲーセンに行って身内だけの格ゲー大会を開いたり、ネットに上がったモンコロの動画鑑賞会を開いたり……。

青春……というには燃え上がるものはなかったが、それなりに楽しい日常。

それが変わったのは、南山の突然のカミングアウトからだった。

――俺、実はちょっと前から冒険者やってんだよね。

その一言から、俺たちの関係は激変した。

学生にとって、肩書というのはかなりのステータスを持つ。

例えば、部活動のエース、キャプテン。読者モデル。芸能人の子供。生徒会長。学年テスト一位……。

学生なんて、基本は何も持ってない横並びの奴らばかりだ。だから、そこから一つ頭が飛び出しているだけで、注目される。一目、置かれる。

そうなれば、ちょっとうまく立ち回るだけで、スクールカースト上位だ。

南山は、そのちょっとうまく立ち回った奴らの一人だった。

奴が用意した肩書は、現役冒険者。

冒険者ブームと言われるこのご時世。なるだけなら金次第で簡単になれてしまう冒険者だが、その金というハードルが学生には高すぎた。

登録料十万円と、Dランクカード一枚。それが、冒険者になるための二つの資格。

Dランクカードと一口に言ってもピンからキリまであるわけだが、その相場はおよそ百万から一千万円。

最も安いカードであっても、とても学生には手の出せない金額だった。

誰もが一度はなってみたい……しかしチャレンジするには金がない。故に、現役高校生で冒険者というのは学生の憧れの存在だった。

それがたとえ……南山のように親に金を出してもらった結果だったとしても、だ。

冒険者であることをカミングアウトした南山は、あれよあれよという間にリア充グループの仲間入りを果たした。

今じゃあ、俺たちとつるんでいたことすらなかったような態度で……。

それに、何も思わないわけじゃあない。

現に、俺たちだけになると南山への不満というのは必ずと言っていいほど口に出る。

だが、それだけ。面と向かって口にする度胸はない。

なぜなら奴が冒険者だから。スクールカーストの上位だから。

たとえ、俺らの友情が飲み干した缶ジュースのようにポイと捨てられたとしても、何も言うことはできない。

仕方ない、仕方ないと自分に言い聞かせて、諦めるしかないのだ。

「でも、それも今日までだ」

担任の登場と共に俄かに慌ただしくなる教室の中、俺は小さく呟いた。

――――俺は今日、冒険者になる。


一九九九年、七の月。世間がノストラダムスの大予言とかいうオカルトにざわめく中、それは唐突に現れた。

全世界に突如現れた迷宮群。海、山、砂漠、道路の真ん中、ビルの屋上、一般人の住宅、コンビニのトイレの中……。まったくのランダムに現れたそれらは、外部から予測される広さとは比べ物にならない広さを持つ――異空間としか言いようのないものだった。

突如現れたそれらに、世界各国はすぐさま軍隊を派遣。そうして判明したのが、迷宮には御伽話やゲームなどのフィクションから飛び出してきたような怪物が存在すること……そして各種レアメタルをはじめ全く未知の金属を含む豊富な資源や――魔法の品々とも言うべき不思議な道具類の発見であった。

これに世界中は歓喜した。

迷宮内には人類に敵対的な生物が大量に生息していたが、なぜか迷宮から出てくることはなく、またそれらの大半は銃などの現代的な武装の前には無力であった。

迷宮内は階層ごとに分かれており、より深い階層ほど魔法の道具類や貴金属が見つかりやすかったため、各国はこぞって奥へ奥へと突き進んでいった。

迷宮から得られた物の中にはモンスターを描いたカードなど用途不明のものも多かったが、使い道の判明したモノだけでもその有用性は明らかであった。

失われた部位の再生や、当時の医学では治療困難と言われていた病をも癒す薬。可能性の高い未来を見通すことのできる水晶。ありとあらゆる災難から一度だけ守ってくれるお守り。理想の自分になることができる化粧道具。はては、不老長寿の食べ物まで……。

御伽話に出てきそうな魔法の道具類は人々を魅了し、特に怪物たちの落とす魔石と呼ばれる鉱石は燃料や肥料など万能とも言える無数の使い道が研究により発見されたことで、世界中が好景気に沸いた。

人々の欲望に突き動かされるように各国の軍はより深部へ深部へと潜っていき――――その ツケを払うかのように、壊滅的な被害を受けた。

現代兵器による武装をした軍隊を壊滅させたのは、のちに死霊系モンスターと名付けられる怪物たちであった。

銃をはじめとした物理攻撃の効かないレイスなどの幽体モンスターに軍隊は為す術もなく、

アメリカなどは全軍の十パーセントもの死者を出したという。

日本は幸運にも死霊系モンスターの出現する階層まで到達していなかったため――これは自衛隊の存在や活躍に反対する市民団体などのデモを受け、迷宮の攻略が他国より一歩遅れていたための不幸中の幸いであった――アメリカの被害を受けすぐさま迷宮から撤退、迷宮の探索を一時保留とした。

先進国各国もこれに続き、しばし迷宮フィーバーは収まったかに思われたが、迷宮封鎖より半年後……のちに【第一次アンゴルモア】と呼ばれる悲劇が起こった。

決して迷宮から出てこないと思われていたモンスターたちが、迷宮の外へと溢れ出し人々を襲ったのである。

幸いにして、迷宮周囲には簡易的な軍事基地が置かれていたため被害は比較的軽度に収まったが、軍の網目を抜けて人々を襲ったモンスターたちに民衆は恐れ慄いた。

この時も特に大きな被害を出したのは死霊系モンスターと呼ばれるもので、対処のしようがない幽体のモンスターたちに軍はただただ被害が広がっていくのを許すしかなかったという。

せめてもの救いは、これら死霊系モンスターが日光の光に弱かったことであろう。

朝日が昇るにつれ死霊系モンスターたちは自然消滅していき、一部地下などに潜ったものも建物ごと壊すことで完全に消滅させた。

なんとかモンスターたちを全滅させた各国は、すぐさま原因究明に乗り出した。

そうしてすぐに判明したのが、今回の災害が起こったのは迷宮封鎖を行っていた先進国各国のみであり、アンゴルモアの起こらなかった中国やロシア、各発展途上国などはレイスによる被害の後も迷宮でモンスターを狩り続けていた……ということであった。

これにより、一つの仮説が立てられた。定期的にモンスターを狩り続けなければ、迷宮からモンスターが溢れ出してしまうのではないか、というものである。

さらにもう一つ、この【第一次アンゴルモア】により重大な発見があった。

モンスターたちが極まれに落とす彼らを描いたカード……その使い道である。

のちに【モンスターカード】と呼ばれるこれらのカードは、当初熱心に研究されていたがどうにも使い道がわからなかったため、迷宮産の物品として一部が市場に放出されていた。

それらを購入した一部の者が、モンスターに襲われる中でその使い道を偶然にも発見したのだ。

その方法とは、カードに自分の血液を一滴程度垂らした後、それを使うと強く念じるだけというもの。

そうすれば、カードのモンスターが実際に現れ、なんでもいうことを聞いてくれるのである。

実にシンプルなそれに研究者が気付かなかったのは、カードが【アンゴルモア】などの特殊な状況下以外では迷宮の外では使えなかったためだ。

研究はもっぱら危険な迷宮内ではなく専用の研究室にて行われていたのである。

これにより、迷宮内においてのみ使えるアイテムの存在が認知され、アイテムの研究が飛躍的に進んだのは皮肉な結果であった。

こうして発見されたカードの使い道によって、ブレイクスルーが起こり、迷宮攻略は再スタートした。

一部の魔法を使えるモンスターを使うことにより、死霊系モンスターに対する対抗策が生まれたからである。

さらには、カードには思わぬ副産物があった。カードによるマスターへのバリア機能である。モンスターを出している間マスターは一切のダメージを負わず、それらをすべてモンスターがすべて肩代わりしてくれるのである。

こうして、カードが生み出すバリアの存在によって、迷宮攻略はより安全なものとなった。

実のところ、この頃にはすでに軍による迷宮探索は限界を迎えていたという。迷宮の奥深くに行くにつれ、銃器がモンスターたちに意味をなさなくなってきていたからだ。

迷宮深部では物理無効の死霊系モンスターをはじめ、素早過ぎて銃弾が当たらない、頑丈過ぎて一日中銃弾の雨を喰らわせてようやく一体倒せる、などと言った強力な敵が現れ始めていたのだ。

ゲームでは当たり前のように存在するレベルアップのシステム。それがない故の迷宮攻略の行き詰まりであった。

ところが、それもカードにより問題解決された。

人間は確かにレベルアップしない。しかし、モンスターはレベルアップするのである。

これにより、モンスターを育て、強いモンスターを倒し、そのカードを得て育成し、さらなるモンスターを倒す――――という循環が生まれた。

……それは、一つの結論を意味していた。

すなわち、迷宮探索をするのは軍でなくとも良いということである。

最初に始めた国は、自由の国アメリカであった。

民間人によるカードを用いた迷宮攻略。

【アンゴルモア】のこともあり、迷宮でのモンスター討伐は絶対に行わなければならない。しかし、国内に無数に存在する迷宮すべてを軍だけで攻略し続けるのは問題がある。

当時アメリカ国内では、【第一次アンゴルモア】以降一般人でもモンスターカードによる【アンゴルモア】の自衛ができるようにすべきとの声が上がっていた。

元々、校内で銃乱射事件があっても「教師が銃を持っていればこのような悲劇は起きなかった」という意見すら出る国である。【アンゴルモア】の時、カードがあれば助かったはずという意見が出るのは当然のことであった。

こうしたことから、アメリカは一部の迷宮を一般人に開放。さらに、民間人による迷宮探索を監視しつつ手助けするための組織【Adventurers Guild of USA】、通称冒険者ギルドを作った。

それが成功だったのか失敗だったのかは、今日では全世界で冒険者制度が実施されていることからでもわかるだろう。

迷宮が現れてから約二十年。いまでは冒険者は人々の憧れの職業となっている。

【Tips】迷宮

ある時を境に突然現れた異空間。内部には危険なモンスターが蔓延る一方、魔法の道具や未知の金属など多くのリターンが存在する。迷宮によってその規模はまちまちだが、深部に行けば行くほど強力なモンスターが出現する。最深部には主と呼ばれる存在がおり、倒せばその難易度に見合ったリターンを得られる。

迷宮は年々増加しており、消滅させる方法も判明していない。いずれ、世界中を迷宮が埋め尽くすという終末論も存在する。

第二話　一回百万円のガチャに人生を賭ける

放課後。俺は友人たちからの遊びの誘いを断り八王子《はちおうじ》駅の冒険者ギルドへとやって来ていた。

基本的に何の前触れもなくランダムで現れる迷宮群であるが、統計から人口の多い地域ほど迷宮が現れやすいということが判明している。それに対応するために、冒険者ギルドはだいたい駅ビル内に設置されていた。

特に、大都会東京においてはそこそこ大きな駅には必ずと言っていいほど冒険者ギルドがあった。

なお、学校の最寄り駅である立川《たちかわ》の冒険者ギルドではなく、わざわざ八王子まで足を運んだのは、立川のギルドが南山のホームギルドであるという理由からである。

こちらの方が自宅も近く、休日に足を運びやすいというのもあった。

改札を出ると、制服や私服姿の人々に混じってタクティカルベストやミリタリーリュックを背負った、どこか物々しい服装が目につき始めた。

どこかの大学のサバゲー同好会——ではない。この駅をホームとする冒険者たちだ。

一目で冒険者とわかる彼らを見る人々の眼は、大きく分けて三つ。無関心、羨望、そして嫌悪である。

未だ原因不明の【第二次アンゴルモア】から十年……。二度と起こらないはずであった災厄のもたらした被害は、未だ人々の心に大きな傷跡として残っている。モンスターによる被害を身近に受けた人の中には、ポーションや魔道具といった迷宮の恩恵すらも敬遠する者がいるほどであった。

その最たるものがモンスターを操るカードであり、それを使って大金を稼いで脚光を浴びている冒険者という存在は、彼らにとって非常に目障りであるようであった。

……とは言え世間一般的には、冒険者は憧れの職業である。現に今もジャニーズ系のイケメン冒険者が、数名の女子高生に囲まれて黄色い声を上げられていた。

一見困った風の彼だが、内心ではまんざらでもないのは傍から見て一目瞭然である。

女子高生たちに引っ張られるように改札の向かいにある喫茶店に消えていく彼を少しの間羨望の眼で見ていた俺だったが、気を取り直して歩き出した。

改札を出て一分ほど歩くと、駅に併設された大きな駅ビル——通称ギルドビルが見えてきた。

数年ほど前に建てられたこのビルは、地下に食料品店、一階に飲食店、二・三階が冒険者用品、四階に冒険者ギルド、五階にカードショップ、六階に市役所と冒険者がすべての用事を一か所で済ませられるようになっていた。

冒険者ギルドと市役所が同じ建物にあることについて、ダンジョンヘイトたち——迷宮嫌いの中でもとりわけ声のデカい連中——から当然クレームがあったそうなのだが、市はこれを跳ね除け続けている。

強気の理由の一端に、この八王子駅が有事の際の避難所に指定されているからというのがあった。

　多少のクレームがあろうとも、いざという時の安全には代えられない……ということなのだろう。

「ようこそ、東京都冒険者協同組合へ。本日はどういったご用件でしょうか」

　四階に上がると、扉付近で手持ち無沙汰に立っていた男性の職員が笑顔で話しかけてきた。

「えと、冒険者登録に……」

「かしこまりました。あちらから四番窓口の整理券をお取りください」

「あ、はい」

　こちらとしては清水の舞台から飛び降りる気持ちでそう言ったのだが、思いのほか事務的に対応されてしまい、俺は肩透かしを食らったような気分になった。

　椅子に座って待つ間、必要書類や現金の確認をしていると、ほんの数分ほどで俺の番号札が呼ばれた。

「こんにちは、本日はどういったご用件でしょうか」

「こんにちは、えっとですね、冒険者登録をしたいのですが」

「冒険者登録ですね。登録にあたり、登録料十万円とランクD以上のカード、現住所の確認できる身分証と、十八歳未満の方の場合は保護者の方の同意書等の書類が必要となりますが、本日はお持ちでしょうか」

「カード以外はすべて持ってます」

「その場合ですと、上の階でカードを購入していただく形となります。冒険者以外の方がカードを購入する場合、職員の同行が必要となりますがよろしいでしょうか」

事前にネットで調べていた通りの流れだ。俺は小さく頷いた。

「かしこまりました。それでは担当の者を呼びますので少々お待ちください」

「わかりました」

俺が頷くと女性職員は手慣れた様子で電話をかけ始めた。すると、受話器を置いて十秒もしないうちに、奥のデスクから一人の中年男性が笑みを浮かべてやってきた。

「初めまして、重野《しげの》と申します。カードの購入手伝いをさせていただいております。よろしくお願いいたします」

「あ、はい。よろしくお願いいたします」

「それでは五階に案内させていただきます」

重野さんの後をついていく形でギルド奥にある階段を上がっていく。

このビルの五階にはエレベーターもエスカレーターも通じておらず、こうして冒険者ギルド内の階段を上がらなければ行くことができない。

階段の前には防弾チョッキを身につけた警備員も立っており、一般人は立ち入ることもできない形となっていた。

どこか静かで落ち着いた雰囲気だった四階と異なり、五階は多くの冒険者で騒がしいほど賑わっていた。

雰囲気としてはトレーディングカードのお店に近い。店内にはカードのコピーが張られたボードが何個も立っており、それを冒険者たちが食い入るように見つめていた。

重野さんはそんな冒険者たちの隙間を縫うようにすいすいと進んでいく。俺はその光景に好奇心を惹かれつつもはぐれない様に重野さんが空けてくれた空間を利用してその背中を追った。

「すみません、登録希望者の案内のためブースをお借りしたいのですが」

カウンターまで着いた重野さんが空いている職員をつかまえそう言うと、俺たちは薄い壁と観葉植物に遮られたスペースへと案内された。

「どうぞおかけください」

「あ、はい」

「えー、まずはお名前をお伺いしてもよろしいですか？」

「北川歌麿と申します」

「北川さんですね。あらためまして重野と申します。えー、今回北川さんは初のカード購入ということで軽く説明をさせていただきます」

「よろしくお願いします」

「はい。えー、まずご存知かと思われますが、カードは迷宮内に存在するモンスターを閉じ込めたものです。冒険者はこのカードを具現化することで迷宮内のモンスターと戦っていくことになります。ではいつでもカードからモンスターを呼び出せるのかというとそうではなく、カードは迷宮内や特殊な魔道具を使用した空間、またアンゴルモアのような非常事態のみ具現化することができます。ここまではよろしいですか？」

「はい」

俺が頷くと重野さんは小さく笑った後、顔を引き締めた。

「ここからは少し重要なお話となります。まずカードから呼び出されたモンスターですが、使用者……以降マスターと呼ばせていただきますが、マスターに危害を加えることはできません。これは、悪意のないじゃれつきやマスターに危害が加わるのを見逃すといった行為も含めたものですのでご安心ください。そもそもマスターは自身へのダメージをカードに流すことができますので、カードがあるうちはマスターの身の安全は保障されています。……が、だからといってカードがマスターに絶対服従なのかといえば決してそうではありません」

「え、そうなのですか？」

思わぬ新情報に俺は思わず聞き返した。

ＴＶで見るカードはすべてマスターに従順なものだったので、無意識にカードは自分の思いのままだと思い込んでいた。

「はい。カードは同じ種族でもかなり個体差があるようで、大人しいものから反抗心の強いものまで、性格は人間同様千差万別です。使っていくうちにどんどん従順になるものもいれば、逆に命令を聞かなくなっていくものもおります。最悪、自衛以外の一切の戦闘を放棄する個体まで確認されています。カードには所有権というものがあり、これを放棄することで強化レベルや記憶をリセットして誰でも使えるようにすることができるのですが、リセットした後もカードの人格はそのまま引き継がれます。相性の悪い所有者に使われていた中古カードの中にはどうしようもなく反抗的になっているカードもあり、そういったカードを掴まされたマスターのトラブルも少なくありません」

「なるほど……」

重野さんの説明に俺は腕を組んで唸った。

カードには個性というか性格が色々あるというのは聞いていた。ネットには「俺のツンデレヴァンパイアちゃんが可愛すぎて毎日貧血な件」とか「うちの猫又ちゃんが気まぐれ過ぎて辛い」なんてスレがいくつも立っているからだ。

だが、実際は思っていた以上にカードの性格というのは重要な話らしい。

「一つ質問なんですけど、そういったすごく反抗的なカードはどうするんですか？　買っても使えないわけですよね？」

「どうもしません、いくらか値段を下げて売っております。のちほど説明させていただきますが、そういったカードにも十分使い道があるということはご理解ください」

「わかりました」

「それでは次はカードの様々な機能について説明させていただきます」

――――数十分後。

「これにて一通りの説明は以上です。わからないことがあればいつでも窓口の方へお聞きにいらっしゃってください」

「……ありがとうございました」

カードの詳しい機能についての説明や冒険者の義務と権利といったいろいろな説明を聞き終え、俺は重野さんへと頭を下げた。

学校の授業などよりよほど濃密な講義だったが、不思議とすんなりと頭へ入ってきた。自分の興味のある内容だったからだろうか、心地よい頭の熱さにぼうっとしていると。

「さて、お待たせしました。それではカードの購入の方に移らせていただきます」

「ッ!!」

そんな重野さんの言葉でハッと我に返った。

ドクドクと鼓動が早くなっていくのを感じる。喉の渇きに唾を飲み込み、俺は頷いた。

「は、はい。よろしくお願いします」

「そんなに緊張なさらずとも結構ですよ。こちらがDランクのカードのリストになります。最低価格が百万円からとなっていますが、ご予算の方は大丈夫ですか？」

「はい、大丈夫です……」

俺は震える声でそういうと、鞄から封筒に入った百万円を取り出した。

ガキの頃から貯めたお年玉と、バイトで稼いだ汗と涙の結晶だった。

重野さんはそれをちらりと見ると金額を確認することもなく、バインダーを取り出した。

「お会計はまた後程でよろしいですよ。それではごゆっくりご希望のカードをお選びください」

そう言って、重野さんはしずかに待ち始めた。

それを横目にバインダーのリストに目を通し始めた俺だったが……。

(やっぱ人気のカードはどれも高いな……。特に女の子カードはどれも五百万円以上……。百万円で買えるのは……オークとかグールみたいな不人気カードばっかりか)

俺は一瞬だけ目を閉じ、そして覚悟を決めた。

これからの数分でここ数か月の努力が水の泡になるかもしれない。

だがそれでも俺は勝負に出ると決めたのだ。

「あの」

「はい? 決まりましたか?」

「いえ、カードなんですけど、百万円のカードパックというのがあるとお聞きしたんですが」

俺のこの言葉に重野さんははっきりと眉を顰めた。

「……確かにこちらでは十枚のカードをまとめたカードパックを販売しておりますが」

「そちらを購入したいと考えているんですが」

「あー……」

重野さんはどう言ったものかという感じで数秒言い淀む。

「北川さん、カードパックについてなのですが恐らく勘違いをなされているかと思われます」

「勘違いですか?」

「はい、おそらく北川さんは、ネットなどでカードパックを買ったらレアカードが出たといったのが書かれているのを眼にしておっしゃられていると思うのですが」

「はい」

「確かにパックには最高Bランクのカードも入っております。ただしそれは極めて低確率で入っているいわば宝くじの一等のようなものです。パックの方は工場でまとめて作られ各地の店舗に送られるので、この店舗のパックに入っているとも限りません。Cランクのカードにしたって一パックに入っている確率は1％以下。Dランクも一パックにつき30％程度です。確実に元手が取れるというものではないんです」

「1％以下……」

「はい。今回北川さんは初登録ですよね？　予算もおそらくパック一回分のみ。もしDランクのカードが出なかった場合、登録ができなくなる形となります。パックは冒険者の方が買うのを想定しているので、北川さんのような新規の方が買うことを想定した割合にはなっていないんです」

「……大丈夫です。全部知ってきています」

俺が静かにそう言うと、重野さんは本当に困ったという風に目じりを下げた。

「……北川さん、こちらのお金はご自身で働いてお貯めになったものですか？」

突然の話題の変化に俺は少しキョトンとしつつ答えた。

「あ、はい。そうです」

俺の言葉に重野さんはしみじみと頷いた。

「学生でこれだけ稼ぐのは本当に大変だったでしょう。私も高校時代はアルバイトをしていたのでよくわかります。……これはここだけの話にしてほしいのですが」

「はい……」

「当店で扱うカードは、すべて冒険者の方々から買い取ったカードとなっております。そのうち癖のない性格や使いやすいスキルを持つカードは、しかるべき値段をつけて店頭に並べることになります。そして店頭に並べてもあまり買い手がつかなそうなカードは、工場の方に送られ……」

……こうしてパックに入れられて釣り餌になる、ということか。

Cランクカードの価格は一千万から一億。Bランクともなれば最高百億近い値が付くこともあるという。一般人や駆け出しの冒険者にとって、想像もできない世界。

それがもしかしたら百万で手に入るとなれば……釣り餌としては十分だろう。

俺は重野さんに深々と頭を下げた。

「ありがとうございます。でも、決めてきたことですから」

「……かしこまりました。それではパックをお持ちします」

重野さんは一分ほど俺をじっと見つめていたが、やがて小さくため息を吐くとそう言って席を立った。

「…………ふぅぅぅ」

背もたれに身を預け、一人天井を見つめる。

もう、後戻りはできない。

だが、冒険者になったとしても最底辺のDランクカードじゃあ意味がないのだ。

Cランク、あるいはDランクの女の子カード。それが俺の求める最低条件。

それが手に入らないなら、どれも同じことだった。

「お待たせしました。こちらがカードパックになります」

そう言って重野さんが持ってきたのはコンビニに置かれていそうなカードパックセットだった。

トレーディングカードと違うのは、煌びやかなイラストは一切なく、完全黒塗りのパックに入っていることだろうか。それが五十センチ四方の箱にみっしりと詰まっている。

これが、一パック百万円のカードパック……。

思わず唾を飲み込む。

「どうぞどれでも一パックお好きに手を取ってください。いくらでも時間をかけて構いませんよ」

「ありがとうございます」

頭を下げ、じっとパックを見つめてみる。当然ながら中は全く見えない。

この中に、三割でDランク、1％以下の確率でCランクが入っている。つまり七割の確率で俺の百万はゴミになるということだ。

「…………………………」

この数か月のアルバイトの日々が頭に過る。

平日はスーパーで、土日は引っ越しのバイトで休みなく働き続けた。初めてのバイトだったので、最初の一か月は毎日のように怒られ続けた。嫌味な先輩に目を付けられ、嘘の仕事を教えられて店長に滅茶苦茶怒られたこともある。あの時は、歯を食いしばり過ぎて歯ぐきから血が出た。家に帰って泣いたこともある。重い物を運ぶことも多かったから、毎日終わったら飯食って風呂入ったら気絶するように眠る日々だった。

親の説得も大変だった。身の安全の心配。学業への影響。費用の問題。ネットでいろんな情報を調べては親に見せ、成績のキープを約束し、費用に関してはこうして自分で稼いで、ようやく先日許可を取り付けた。

そんな努力が、七割でパー。

また百万貯めるのにどれくらいかかるだろうか。今度はお年玉も貯金もない。放課後毎日働き続けて給料は約十万。単純計算で約十ヵ月。シフトの都合もあるから毎日は入れないし、精神的に続かない。一年は見るべきだろう。それでも、その次もダメだったらまた一年頑張るのか？

無理だ。高校生活は三年しかない。それをすべてバイトに費やすことになる。本末転倒。

……ならこれがダメならスパッとあきらめた方がいい。

いや、むしろそれがいい。この一回にすべてを賭ける。駄目なら残りの学校生活を、分不相応な願いは持たず静かに過ごす。だがもしDランク以上のカードが出たなら……。

心臓が、痛い。喉はからっからに渇いて、唾を飲み込むだけでヒリヒリする。汗をびっしょりと掻いた身体が寒い。指先がプルプルと震えて力がなんとも入り辛かった。

ブースの外の喧騒がスーッと遠のいていく。怖い。まるで宇宙空間にいるように身体がふわふわとしている。

初めて知った。自分が必死にしてきた努力が試される瞬間っていうのは、こんなに怖いのか。運動部とか、テスト学年上位の奴らは試合や試験でこんな感覚がしてるんだろうか。やべぇ、野球部の高橋とかへの尊敬の念が芽生えそうだ。

深呼吸をする。一、二、三、四、五、六……吐いて、一、二、三、四、五、六、七、八、九……吸う。

よし、引こう。

指先は、箱の右隅っこの方へと自然と伸ばされていった。右端から三列目、奥から二番目のパックに、吸い寄せられるように手が伸びていく。引っかかりもなく、スッと抜けて少し気分が良かった。

「これにします」

「よろしいですか？」

「はい」

俺が頷くと、重野さんは手でうながした。

「それではご開封ください」

ピリ、とパックの端を破る。

一枚目、ゴブリン、Fランク。二枚目、コボルト、Eランク。三枚目……クーシー、――Dランク！

喜びと、落胆が同時に心を襲った。とりあえず三割の壁は破れた。少なくともこれで冒険者登録はできる。だが、これじゃあ意味がない。これじゃあ……。

しかもこの段階でDランクカードが出たということは残りのカードにレアカードが入っている確率はグッと落ちる。

つまり、俺は賭けに半分負けたのだ。

グッと唇を噛みしめ、残りのカードをめくっていく。

四枚目、スケルトン、Fランク。五枚目、またもゴブリン。六枚目、ゾンビ、Eランク。七枚目、ローパー、Fランク。八枚目――。

「あっ！」

グール……Dランクカード。それも、描かれているイラストは女のものだった。

二十歳くらいの豊満な身体つきをした金髪ロングのグール。それだけ聞くと魅力的な女性にも思えるが、肌は黒紫に変色し、眼は白目が見えないほど赤く充血、大きく開けられた口元から垂れる涎には何の知性もうかがえなかった。

とてもではないが萌えなど微塵も感じない有り様だ。

「はは……」

自嘲の笑みが零れる。確かに、望み通りDランク……それも女の子のカードが来た。だが、コレジャナイ感がすごい。

でもまぁ、ある意味では俺にお似合いのカードなのかもな……。

そもそも可愛い女の子のカードか、最低価格でも一千万のCランクが欲しいなんて、高望みにも程があるってもんだ。

考えてみれば一パックで二枚もDランクが来たのだ。十分に俺はツイてるといえる。

ならこれで良しとするか。

そんなことを考えながら残り二枚のカードを無造作にめくり――。

「…………ぁ、え？」

――我が目を疑った。

一枚は、何の変哲もないゴブリンのカードだ。だがもう一枚。そこに描かれていたのは、まぎれもなく和服姿の少女の姿だった。

本来綺麗に切り揃えられているはずの黒髪はパンキッシュに跳ねまくっているし、片足をボール（たぶん鞠だろう）に乗せ、中指を立ててこちらを睨んでいるその姿はなぜか異様にガラが悪いが……間違いない。

――座敷童。ランクCの女の子カードだった。

<種族>座敷童
〖先天技能〗
・禍福は糾える縄の如し
・かくれんぼ
・初等回復魔法
〖後天技能〗
・零落せし存在
・閉じられた心
・初等攻撃魔法
<戦闘力>250

【Tips】モンスターカード

迷宮内で稀にモンスターが落とす謎のカード。モンスターたちのイラストが描かれており、マスター登録をすることで自在にモンスターをカードから呼び出せるようになる。

モンスターを呼び出している間、マスターへのダメージはすべてカードが肩代わりしてくれるため、迷宮攻略には欠かせないアイテムとなっている。モンスターは基本的にマスターの命令を聞いてくれるが、感情があるため嫌われると言うことを聞かなくなる。

カードは戦闘力に応じてＡからＦまでの六段階に分けられ、弱いカードほどドロップ率が高く安価で、強いカードほどドロップ率が低く高価。

そして女の子カードは基本的に、需要の関係からどれも高額で取引されている。

第三話　例えるなら目の前で電車のドアが閉じたような気分

「フンフ～、フンフフン～♪」

翌日、俺は鼻歌交じりで学校へと向かっていた。

制服の内ポケットには、冒険者ライセンスと数枚のモンスターカードを忍ばせてある。

そのうちの一枚は、もちろん昨日手に入れたばかりの座敷童ちゃんだ。

「……ふふ」

思わず小さな笑みが零れる。

みんなこれを見たらどんな反応をするだろうか。

Cランクカード、それも高額な女の子カードだ。

間違いなく学生で持っているものはまずいないと言っていいレアカード。

それを見せびらかした時のみんなの顔を想像すると……どうにも顔がにやけるのを我慢できなかった。

「おーっす。マロ、今日は早いじゃん」

後ろから俺の肩を叩かれ振り向くと、そこには見慣れた友人の顔があった。

「おお、東野！　おはよう！」

「おう、な、なんか朝からテンション高いな。なんかあった？」

「そうか？　別にいつも通りだと思うけど」

そう惚ける俺だったが、やはり顔のにやつきは止まらない。

「んだよ、ニヤニヤして。いつも以上にキモいぞ」

「うるせぇよ」

ポカリと軽く肩を殴る。

てかいつも以上ってどういうこと？　言外にいつもキモいって言ってない？

「なんだよ、なにがあったん？　教えてくれよ、友達だろ？」

「ん～」

そう言って肘で突いてくる東野に、俺は昨日のことを一足先に教えるかどうか一瞬迷った。

この先俺が冒険者でレアカード持ちであることを明かしたら、おのずとクラス内での俺の扱いも変わってくるだろう。

というか、クラスカーストで上位になるために頑張ってきたのだから変わってもらわなくては困る。

問題は、その時これまでの友人関係がどうなるかだ。

南山は、スクールカーストの成り上がりに合わせて俺たちを切り捨てた。

それは奴が真正の屑野郎であるから仕方ないが、俺はできればリア充グループの仲間入りをしつつも、東野たちとの友人関係も維持しておきたかった。

やはり友人というのは簡単に切り捨てることができるもんじゃあないと思うし、なにより東野たちとは気も合う。学校では皆に一目置かれつつ、放課後や休日は今まで通り東野たちとも遊ぶというのが理想の展開だった。

となると、東野たちにはあらかじめ冒険者であることをカミングアウトしておいた方がいいかもしれない。

よし。

「実は――――」

「おーう！　おはよう」

「おっ！　西田。登校中に三人揃うのって珍しいな」

「アタシたち、運命の糸で結ばれてるのよ、きっと」

「俺の運命の相手はお前らじゃなくてまだ見ぬ素敵なお姉さんだから」

「ヘッ（嘲笑）。おっと、マロもおはよ」

「お、おお……おはよう」

「ん？　そういやさっきなんか言いかけてた？」

「い、いやなんでも……」

「そうか？」

西田の登場に出鼻をくじかれた俺は、思わず誤魔化してしまった。

う、こうなるとなんでか言い辛くなるんだよな。

そのまま言い出すタイミングを窺っていた俺だったが、西田が昨日プレイしたギャルゲーの話を聞いているうちに教室へと着いてしまい、結局冒険者になったことをカミングアウトすることはできなかった。

うーん、今日中になんとか二人に話を通しておくことはできるか？　最悪できなかったら明日に延期するのもアリ、か？

「お？」

そんなことを考えていると、ふいに東野が立ち止まった。

「どうした急に立ち止まって。早く中入れよ」

急に止まったせいで東野にぶつかった西田が、教室へ入るようにうながす。

「いや、なんか中が騒がしくて」

ん？　なんかあったのか？

東野の肩越しに中を覗くと、クラスの半数以上に囲まれた一人の男子生徒の姿があった。

少し低めの背丈に、不快感を与えない程度のぽっちゃり体型、天パー気味の黒髪……カーストトップグループの小野だ。

みんなに囲まれた小野は、心なしいつもよりテンション高めに見えた。

またいつものように身内しかわからない冗談を飛ばしてるのだろうか。あいつのお笑い、俺らみたいなのを弄ってくるから微妙に嫌なんだよな。

「なに、小野？」

「また身内にしかウケないコントでもやってんのか？」

「あいつのお笑いって俺らみたいなのを弄ってとってくるから微妙に嫌なんだよな」

東野と西田が小野を見てこそこそと言い合っている。俺の考えていたことをまんま言っていてちょっとほっこりした。

「とりあえず中入ろうぜ」

「おう」

二人をうながして教室に入る。クラスの連中は俺らが入ってきたことも気づかず、小野の話に夢中のようだった。

と、その時だった。俺の耳に信じられない言葉が飛び込んできたのは……。

「――しっかしこれで小野も冒険者か～。一クラスで二人も冒険者いるのなんてうちくらいだぜ」

……なん、だと？

俺は思わず立ち止まり、小野を凝視した。

「いやぁ、冒険者言うても駆け出しの一ツ星やけどな。カードもしょぼいし」

「いやいやいや、冒険者ってだけで凄いって。しかも自分でバイトして金貯めたんだろ？　マジですげぇわ」

「もう迷宮には行ったの？」

「いやまだ。今日南山君といっしょに行く予定なんすわ。いやぁ、やっぱ顔見知りが先輩やと心強いわ～」

「俺も友達が同業になってくれてめっちゃテンション上がってるわ！」

ワイワイと盛り上がる彼らを、俺は呆然と見ることしかできなかった。

……………………や、やられた！　先を越された！

ど、どうする？　俺もあそこに飛び込んでいって冒険者になったことを明かすか？

いや、駄目だ。あそこはもう完全に小野のお披露目の場になってる。そこに飛び込んでいってもリア充グループの仲間入りはできない。むしろ空気読めない奴のレッテルを貼られるだけだろう。

では一旦時間をおいて俺もカミングアウトするか？　……いや、それももはやインパクトが薄い。

二四目の泥鰌《どじょう》とか二番煎じが許されるのは、文字通り二番目までだ。三番目四番目は、もはや有象無象の後追いに過ぎない。

実のところ二番目すらも怪しいが、それは一番目にない武器があれば許される。俺がCランクカードか女の子カードに拘ったのはそのためだ。ただ冒険者になるだけでは自慢にならない。それが許されるのは先駆者である一人目だけ。小野の場合は元からリア充グループだったというのが大きい。

もちろん、今でも座敷童のカードは十分なインパクトを与えられるだろう。Cランクカードで女の子カードというのはそれだけの価値がある。

しかし、それをプラスの印象に持っていくのが難しい……。

突然割り込んできた俺を小野は面白く思わないだろうし、南山も小野の側につくだろう。

――ふぅん、北川君も冒険者になったんだ。しかもレアカード持ってるんだ、すごいね。で、今はボクが話してるんやけど。

おそらく、こんな感じになるんじゃないだろうか。そしてクラス連中も他の者たちを出し抜いて成り上がろうとした俺を徹底してこき下ろすに違いない。

バイトして頑張って冒険者になった小野君が話してるところに強引に入ってきて、高額カードを見せびらかしてきた成金の北川君……てな感じのレッテルを張られる可能性がある。

となると、どうあってもこの場での発表は下策。だが、後日ライセンスとレアカードを見せびらかしたところでインパクトは薄く、スクールカースト上位に食い込むことはできないだろう。

ではどうすればいいか。武器だ。更なる武器が必要だ。冒険者ライセンスとレアカードだけじゃない、さらなる武器が……。

……だが、どうする。どうすれば奴らと差別化して個性を持つことができる？

「んだよ、小野の奴も冒険者になったのかよ」

「うちの学校に冒険者ブームとか来たりしないだろうな。そんな金ねぇぞ」

「つか冒険者って言ってもどうせ駆け出しだろ？　モンコロにも出れない三ツ星未満とか……ねえ？」

「確かに、一ツ星とか金だけでなりました感強いわ」

ツッツッツッツッツッツッツッツッ！！！！

その時、俺の背筋に電流が走った。

それだ！　それしかない！

教室の隅っこでコソコソと小野たちにケチをつける東野たちの会話を聞いた時、俺は閃いた。

南山も小野も所詮三ツ星にもなっていない最下級のアマチュアクラスだ。

冒険者はライセンスにつけられた星の数によって六段階にクラス分けされており、四つ星からプロと見なされる。

一ツ星と二ツ星は完全にアマチュア扱いだが、三ツ星ともなるとセミプロ扱いでモンコロ——モンスターコロシアムに出ることもできる。

モンコロに出れるということはつまり、ＴＶに出れるということだ。

ＴＶに出れるくらいの実力者ともなると、それはもはや他の学生とは一線を画す存在と言って良い。

そのネームバリューは、校内においてはちょっとした芸能人にも匹敵するだろう。

これだ……。学生でありながら数千万円のレアカードを持ち尚且つＴＶに出れるくらいの実力派。この路線で行くしかない。

本当は、冒険者になった後は適当に迷宮に潜る程度で割の良いバイトをするぐらいの気持ちだった。

俺にとって冒険者とはなるまでが重要なのであって、なってからはどうでもよかったのだから。

しかしこうなっては仕方ない。なんとしても三ツ星冒険者になる。できれば来年のクラス替えの前までに。

俺は小野たちを……いや、その傍らで笑みを浮かべる彼女を見ながら、そう決意するのだった。

【Tips】冒険者

迷宮の登場により新しく生まれた職業の一つ。初期投資に金がかかり命の危険がある反面、収入は高い。近年の冒険者ブームにより、その危険性を理解せず冒険者になる若者たちが増加している。

一ツ星から六ツ星の六段階でランク分けされており、三ツ星までをアマチュア、四ツ星からをプロと見なす風潮がある。

プロ冒険者は、迷宮攻略の収入の他に、ＴＶ出演によるタレント業や動画投稿による広告収入、モンスターコロシアムへの出演料と賞金など様々な収入源があり、荒稼ぎしている。

第四話　奥さん、オタクの座敷童完全にグレてますよ

放課後。自宅で準備を整えた俺はさっそく八王子駅周辺の迷宮へと来ていた。

八王子駅から徒歩十分ほどの距離にあるその迷宮は、元は普通の一軒家だったらしいのだが、今は『ダンジョンマート』という名のコンビニに姿を変えている。迷宮の多くは、今はこうしたコンビニの形を取っていた。

迷宮が現れた当時の建物は、そのほとんどが第一次アンゴルモアの影響で崩壊してしまっている。無事だった建造物も所有者が手放すことを望み、多くが無人となってしまった。

そうした廃墟群を国が被災者の支援を兼ねて一括して買い取ったのまでは良かったのだが、そこで問題となったのがその土地をどう活用するかであった。

ただ迷宮の入り口として使うのは税金の無駄使いなのでは？　そんな声が野党から上がったのだ。

半ば言いがかりにも近い批判だが、それに対して真っ先に手を上げた企業があった。

迷宮バブルの際、迷宮周辺にコンビニを置くことで急速にシェアを伸ばしていたダンジョンマート。その名物創業者が、うちのコンビニを出入り口に使うのはどうかと提案したのだ。

ダンジョンマートの売りは、何と言ってもその無人販売システムである。当時迷宮周辺での営業は働き手が集まらないと各大手コンビニが撤退していく中、いち早く無人販売システムを導入することで迷宮攻略をする自衛隊相手に商売を始めたのがダンジョンマートの起こりだ。

無人販売システムの心配点として万引きのリスクなどが挙げられるのだが、それを規律に厳しい軍人にメインターゲットを絞ることで解消したのである。

四六時中誰かしら自衛隊員が店内にいるようになったことで、一般客による万引きすらもほぼゼロと化した。

結果、急速に成長をしたダンジョンマートだったが、それも第二次アンゴルモアによる被害により一気に窮地に追い込まれた。

普通の企業ならば、迷宮周辺のビジネスからは撤退し、普通のコンビニとして再出発したことだろう。だが、ダンジョンマートの社長は一味違った。さらに一歩踏み込み、迷宮とコンビニをある種一体化することでさらなるシェア独占を狙ったのだ。

紆余曲折あった結果、このダンジョンマートの申し出は通ったのだが、この戦略は当初ダンジョンマートにとって苦境を生んだ。

なんせ客が完全に常駐する自衛隊員のみとなってしまったのだ。第二次アンゴルモア直後、迷宮周辺はゴーストタウンと化した。そんな状態でコンビニとして繁盛するわけもなく、さらには普通の地域にもあるダンジョンマートも風評被害を受け次々と撤退していった。

株価も下落の一途を辿り、一時はかなり厳しい状態にも追い込まれたようである。

暗雲立ち込めるダンジョンマートに一筋の陽の光が差し込んだのは、今から数年前。日本にも冒険者制度が取り入れられてからのことだ。

冒険者ブームの到来によりダンジョンマートは急激に業績を回復。株価もうなぎのぼり。ダンジョンマートが上場時、公募価格で百株だけ購入したサラリーマンが、ダンジョンマートが苦境の時期も手放さず持ち続けていたおかげでいつの間にか数億円もの資産を得ていた、という話は何度もテレビで取り上げられたものだ。

事ここに至って他の大手コンビニも迷宮事業に乗り出そうとしたのだが、時すでに遅し。

倒産寸前になっても迷宮利権を手放さなかったダンジョンマートの地盤は、ガッチガチに固められた揺るぎないものとなっていた。

こうしてダンジョンマートは日本コンビニ業界の覇者となったのである。

…………ってこの前ガ○アの夜明けでやってた。

『いらっしゃいませ。冒険者のお客様はパネルに冒険者ライセンスをタッチしてください』

自動ドアを開けると、そんな声が傍らから聞こえてきた。

噂では、ここでライセンスをタッチしない客がいると奥にある迷宮入り口の扉が自動ロックされるらしい。

店内は普通のコンビニに比べ食料が気持ち多めで、日用品が少なく、包帯や消毒液など冒険者が必要とするだろう商品が多く目についた。

とは言え本格的な冒険者用品はなく、あくまで買い忘れた小物や食料品の補充を目的としているのが見てうかがえる。

俺は数本のペットボトルとおにぎりや菓子パンを手に取ると、棚に掛かっていたビニール袋に入れ奥へと進んだ。

会計はしない。詳しいシステムは知らないが、棚の重量計と監視カメラに仕込まれた人工知能が商品の値段を計算して、ライセンスにあらかじめチャージしてある電子マネーから勝手に差っ引いてくれるらしい。

下へと続く階段を降りると、そこには重厚な鋼鉄の扉があった。俺がそこでもライセンスをタッチすると、バシュウッという音を立てて扉が開く。

こちらの認証は入り口のものとは異なり、俺がこの迷宮に潜れるだけのランクかを判断している。……まあここはFランク迷宮なので冒険者なら誰でも入れるのだが。

基本的に、一ツ星冒険者はFランク迷宮まで、二ツ星冒険者はEランク迷宮まで、三ツ星冒険者はDランク迷宮まで入ることが可能となっている。

プロ扱いされる四ツ星冒険者からは、ランクによる迷宮の制限も無くなり、たとえAランク迷宮であっても自由に出入りすることができるようになる。もっとも、その際の身の安全は誰も保証してくれないが。

プロになった以上、そこからはすべて自己責任で、というわけだ。

扉の先には二畳ほどの小さな空間があり、そこには黒く渦巻く球体が浮かんでいた。

「これが、迷宮の入り口か……」

初めて見た。この球体、一体何でできてるんだ？　一見ただの煙みたいだけど……。

恐る恐る指を差しいれてみると、俺の指は完全に見えなくなってしまった。指先が仄かに温かい。

まるで、生き物の口内のように……。

ごくりと唾を飲み込み、思い切って中へと入った。大丈夫だ、これを通って死んだという奴の話は聞いたことがない。

一瞬だけ階段を踏み外したような感覚があった後、俺はいつのまにか深い森の中に立っていた。草木の香りがふわりと香る。周囲は明るい。俺が迷宮に入ったのは夕方だったはずなのだが、空にはお日様がしっかりと昇っていた。

迷宮の中は小さな別世界ってのはマジだったんだな……。

事前に調べた情報が確かならこの太陽は動くことなくずっと頭上にあり続けているはずだ。つまり、この世界は永遠に昼が続くということになる。

同じように夕方の迷宮はずっと夕方だし、夜の迷宮は永遠に夜。雨の迷宮は永遠に雨だ。初心者は見通しの悪い夜の迷宮は避け、昼の迷宮に行くべきと書いてあったから事前に調べてこの迷宮にやってきたのだが……。

「暑い……」

気温は三十度近いだろうか。秋に入って肌寒くなってきたので厚着をしてきたんだが……失敗したな。まさか季節まで迷宮毎で異なるとは。

と、こうしてる暇はない。さっさとモンスターを呼び出さなければ。

入り口周辺はモンスターも出ないとギルドの人も言っていたが、ここは迷宮……何が起こるかわからない。用心するに越したことはない。

俺は三枚のカードを取り出すとそれをじっくりと眺めた。

【種族】座敷童
【戦闘力】250
【先天技能】
・禍福は糾《あざな》える縄の如し：幸運を災いに、災いを幸運に。対象に幸運と不幸を付与できる。マスターへの好感度で出力増減。
・かくれんぼ：姿と気配を隠すことができる。透明化、気配遮断を内包する。
・初等回復魔法：簡単な回復魔法を使用可能。
【後天技能】
・零落せし存在：本来の存在より零落している。戦闘力を常時100マイナス、スキルの欠落やランクダウン。
・閉じられた心：マスターに反抗心を抱いている。命令された行動に対するマイナス補正、自由行動に対するプラス補正。
・初等攻撃魔法：簡単な攻撃魔法を使用可能。

座敷童。福の神の一種で、座敷童がいる家は幸運が訪れ、逆に去ってしまうと不幸が訪れるという伝承を持つ。

各項目の説明を軽く説明させてもらうと。

種族は文字通りそのカードの種族を。戦闘力は現在のカードの戦闘力を。先天技能はその種族なら誰でも持っているスキルを。後天技能はそのカードが個人的に所有するスキルを表している。

ちなみにスキルの効果についてだが、これは元々カードに載っている情報ではなく、冒険者用の図鑑アプリを使って俺自身が調べたものだ。

カードにはスキル名しか載っておらず、その効果については実際に使ってみたりして手探りで調べていくしかない。

そのため、研究によって新たな効果がわかったり、あるいは既存の効果を勘違いしていることが判明すると、アプリ上でそのスキル説明が書き換わることも珍しくない。

これを、冒険者たちはエラッタ、と呼んでいる。

スキル効果はカードの値段に大いに影響するため、冒険者たちはエラッタについては常に注意を払っていた。

さて、話をこのカードについてへと戻そう。

座敷童の場合、敵や味方に幸運と不幸を与える能力に姿を隠す能力、それと癒しの魔法を種族的に備えている。

そしてこのカード自体が固有で持つ能力に、零落せし存在、閉じられた心、初等攻撃魔法という三つがあるというわけだ。

しかし、見ての通り後天技能の中にはデメリットがあるものも存在する。

零落せし存在は、本来の状態よりも著しく弱体化してしまっているカードが持つスキルだ。

ギルドで配信されているモンスター図鑑アプリで調べたところ、この座敷童は他の座敷童に比べて１００近く戦闘力が低いらしい。本来であれば初期戦闘力は３５０、先天技能の回復魔法も中等の回復魔法を持つそうだ。おそらく、後天技能も一つか二つは欠落している、とのこと。

これだけでもこの座敷童はＣランクカードの中でも最低レベルまで評価が下がっているのだが、それに加えて閉じられた心というスキルまで持っていた。

これは、相性の悪いマスターに使われていたカードが得てしまうスキルで、このスキルを持つカードはマスターに非常に非協力的であることを表す。仮に無理やり言うことを聞かせても、マイナス補正によりその能力が著しく低下してしまう。

このようなデメリットスキルを得た時点で、そのカードが《通常の使われ方》をすることは無くなる……。

とまぁ、このようにスキルにはデメリットをもたらすものもあり、この座敷童はとんだ落ちこぼれだったというわけだ。値段も、通常の座敷童の半値以下だろうというのが重野さんの見立てだった。

まぁそうでなくてはパックになんて入っていなかっただろうから、俺としては複雑なところだ。

さて、次はグーラーだ。

【種族】グーラー
【戦闘力】100
【先天技能】
・生きた屍：死に最も近く死から最も遠い存在。頭部を破壊しない限り消滅しない。状態異常耐性、知能低下を内包する。
・火事場の馬鹿力：肉体の限界を超えて力を振るうことができる。使用中反動を受ける。
・屍喰い：血肉を喰らい糧とする。捕食により自己再生。
【後天技能】
・絶対服従：魂の誓約であり呪い。どのような命令であっても実行する。命令された行動に対する極めて強いプラス補正。
・性技：性的技術に対する一定の知識と技能を持っている。特定行動時、行動にプラス補正。
・フェロモン：フェロモン物質を認識し、自在に操ることができる。

グールとは、アラビア由来の人肉を喰らう化け物のことだ。本来はサキュバスなどの淫魔に近い存在だったらしいのだが、迷宮においては死肉を喰らう死食鬼として現れる。そのうち、女のグールをグーラーという。

　戦闘力はDランクカードの中でも最低レベルだが、生きた屍、火事場の馬鹿力、屍喰いというシナジー効果のある先天スキルに恵まれている。後天技能も、絶対服従に性技、フェロモンとロマンあふれるスキルばかりだ。

　いや、ホント、なんでお前はグーラーなんだと問い詰めたいスキルセットである。スタイルと良い、アンデッドでなければ完璧なのに！

　……気を取り直して、次に行こう。最後は、クーシーだ。

【種族】クーシー
【戦闘力】150
【先天技能】
・妖精の番犬：妖精たちの守り手。パーティー内に妖精族がいる際、ステータス上昇。妖精族を攻撃する際、ステータス減少。気配遮断を内包する。
・集団行動：群れの中で生きる習性。集団での行動に対するプラス補正。
【後天技能】
・従順：マスターの命令に基本的に逆らわない。命令された行動に対する弱いプラス補正。
・臆病：戦闘を極めて忌避する。戦闘時、ステータス半減。

クーシーは、スコットランドの犬の妖精で妖精たちの守り手だ。伝承によれば、まったく音を立てずに動くことができるという。スキルもその逸話に由来したもので、気配遮断のスキルを内包し、妖精族を守る際にステータスが向上する。

集団行動に対する適性を持ち、主にも従順。高めの初期戦闘力もあって本来ならば主力となるはずのカードなのだが、それらの利点をすべて吹き飛ばすような欠点が臆病のスキルにはあった。

実際に使ってみるまではなんとも判断できないが、クーシーは戦闘よりも補助に使った方が良いかもしれない。

さて、三枚のカードの説明を終えたが、問題はこのうちのどのカードを使うかである。

迷宮はそのランクによって召喚制限が存在し、今いるFランク迷宮では二枚までしか同時に呼び出せない。なお、召喚制限は迷宮のランクが上がるごとに二つずつ増えていく。

とりあえず座敷童は確定として……もう一枚は絶対服従を持つグーラーちゃんにするか。

低級のアンデッドは一から十まで指示するか時間をかけて調教しないと使い辛いため初心者向きではないとネットに書いてあったが、まぁ座敷童もいるし大丈夫だろう。

俺はまず座敷童のカードを掲げると、宣言した。

「出でよ！　座敷童」

カードが眩い光を放ったかと思うと、俺の前にはいつの間にか小さな女の子が現れていた。

ふわり、と花の香りがほのかに漂う。

年のころは……ちょうどうちの妹と同じ（小学五年生）くらいか。イラストの少女をそのまま三次元にしたような美少女である。少なくとも顔立ちは本当に可愛らしい。まさに人形のように整っている。

問題は、眼つき。あと態度。

ウンコ座りで眉間に眉を寄せこちらを睨みつけるその様は、完全に田舎のヤンキーだった。

「……何見てんだよ、オオん!?　コロスぞ！」

「ころ……ええ!?」

ガラ悪!?　眼力強《つよ》ッ！

いきなりの殺害宣言にたじろぐ。

一見人形のように可愛らしい少女であってもその力は人間とは比べものにならない。

俺が内心で結構本気でビビっていると、座敷童はニヤリと嘲笑を浮かべた。

「ヘッ、ビビリが。テメェ、もしかして新米マスターか？」

すっくと立ちあがってこちらを見上げる座敷童。こうしてみるとやはり小さい……。態度だけは、その背丈の何倍も大きいが。

「あ、ああ。そうだけど」

「そりゃご愁傷様。ツイてねーな、アンタ。最初のカードにアタシみてーな不良品を掴まされちまったなんてなぁ」

……む。

ニヤニヤと笑いながらそう言う座敷童に、不意に俺は負けん気が湧いてくるのを感じた。

さっきから俺を呑み込みまくっているこの小さな少女に、一言くらいはやり返してやろうという気持ちが湧いてきたのだ。

「いや、そうでもない」

「ああん？」

「お前は確かに使い辛そうだけど、それがなけりゃ俺みたいな駆け出しがお前みたいなレアカードを手に入れることなんてできなかったわけだからな。むしろ滅茶苦茶ラッキーだったと思ってるよ。さすが座敷童」

俺の半ば本心からの言葉に、一瞬だけ座敷童は動揺した様に見えた。

が、すぐにイヤらしい笑みを浮かべると。

「ハッ、その強がりがいつまで続くか見ものだな」

そう言って姿を消してしまった。

……ふぅ。なんとか、やり返せたか？　やっぱ、モンスター相手とは言え小さな女の子にやり込められるのもな。ちょっとした男の意地だ。

さて次はグーラーだな。

「出でよ、グーラー！」

その言葉と同時に、グーラーが姿を現す。

二十歳前後の妙齢の女性。顔だち自体はキツ目の美人で、肉付きが良く均整の取れたナイスバディ。身に着けた服も露出度が高いレザーのローライズパンツと胸当てと言った官能的なもので、グーラーになる前はそう言う職業の方だったんではないだろうかと背景を想像させるような女性だった。

特徴だけを上げていくなら百点満点の美人。だが、どうしようもなく死体だった。

髪は痛んでボサボサ。肌も完全に黒紫に染まっており、屍斑《しはん》がところどころに浮いている。眼は白目が存在しないほど赤く充血していて、元々の虹彩が赤色だったため完全に赤一色となっていた。

幸いだったのがアンデッド系最大の欠点と言われる臭いが全くないことで、後天技能のフェロモンのおかげかむしろちょっと甘い香りすらするくらいだった。

結論。グーラーでなければ……。グーラーでなければ……ッ!!

……だが希望はある。

モンスターにはランクアップというシステムがある。

それは下位のカードと同性・同系統の上位のカードを合成することで下位カードの特徴と記憶を引き継がせることができるというシステムだ。

運とカードの使い込み具合にもよるが、上手くいけば技能を上位カードに引き継がせることもできるらしい。

グーラーの上位カードはヴァンパイア。つまりもし女ヴァンパイアのカードを奇跡的に手に入れることができたら、その時はこのグーラーちゃんの外見と魅惑のスキルを引き継いだ最強の女の子カードが生まれるかもしれないということだ。

いつか、いつかお前をランクアップさせてやるからな！

俺は涎を垂らしながら茫洋と宙を見つめるグーラーを見ながらそう決意した。

さて、何はともあれこれで準備はＯＫだ。これから、俺の冒険者としての本格的な活動が始まる。

「よし！　じゃあ行くぞ」

そう言って意気揚々と歩き出した俺だったが、十数メートルほど行ったところで子供の笑い声が聞こえてきた。座敷童だ。

「キャハハハッ！　おい、良いのか？　アイツを置き去りにしてもよ」

虚空からの声に後ろを振り向くと、そこには最初の位置に突っ立ったままのグーラーの姿があった。

「……グーラー、ついてこい！」

そう命令してようやく歩き出すグーラー。

おい、マジかよ。ここまで命令しないと動いてくれないのか？

早速暗雲立ち込め始めた迷宮攻略にがっくりと項垂れる俺をよそに、心底おかしいといった座敷童の笑い声が迷宮に響き渡るのだった。

【Tips】ダンジョンマート

迷宮の登場と共に一気にシェアを伸ばしたコンビニ界の雄。今では、ダンジョンマートを見れば一目でそこに迷宮があるとわかるほどになっている。創業者の十七夜《かのう》月社長はＴＶ出演も多く、お祭り社長として有名。社長業よりＴＶの仕事の方が忙しいのではないかと言われるくらい、半タレント化している。過激な発言から、良くウィスパーが炎上している。最初の炎上は、超美人のフランス人の奥さんとハーフの娘がいると発覚した時。

第五話　デュフフ、やはりロリの気を引くにはお菓子で釣るのが一番でゴザルな！

森の中を警戒しながら歩いていく。

道の幅は大体二メートルほどだろうか。足首くらいまでの雑草が生い茂る道と、とても人間が入っていけそうにない木々の壁による道が、この迷宮における通路のようだった。

実際には無理をすればこの木々の中に突入することは可能なのだろうが、自衛隊の方々による実験の結果、迷宮の壁を無理に進んでも何ら得るものがないことは証明されている。

最悪、このような森林型フィールドでは遭難の可能性すらあるため冒険者の立ち入りは厳禁とされていた。

しばらくの間グーラーを先頭に立たせ迷宮を進んでいた俺だったが、だんだんと不安になってきて姿の見えない座敷童へと問いかけた。

「なぁ座敷童。敵がどのくらい近くにいるとかわかるか？　今安全かな？」

「あーん？　なんでそんなことアタシが答えなきゃいけねぇんだよ」

虚空より返ってきたのは、そんなツレない返答だった。

「なんでって……仲間だろ？」

「仲間ぁ？」

座敷童が嘲笑を浮かべながら俺の前に姿を現す。

「最初に言っておく。アタシはテメェら人間のことが大っ嫌いだ。見るだけで反吐が出る。言いなりになってる奴隷共もな」

そう言う彼女の眼には、隠しきれない憤りが宿っていた。

「アタシを戦力として見るのは諦めな。テメェのために何かをしてやる気なんて欠片もねー。言っただろ？　こんな不良品を掴まされてご愁傷様ってな」

言うだけ言って再び姿を消す座敷童。そんな彼女に、俺は頭を掻きむしった。

……こりゃ、まいった。前の所有者はいったい何をやらかしたんだ？

カードはマスターを替える際に初期化され、記憶も消える。しかし、カードにこびり付いた感情までは消えない。座敷童の視線は、人間に対する憎しみすら感じるモノだった。

こりゃいっそ彼女は一度下げてクーシーを出すべきだろうか。そんな思いが頭を過る。

……いやでも最低限の防衛はカードのルールとしてやってくれるわけだし、その際はCランクの座敷童の方が安心だよなぁ。

それになにより、ここでコイツを下げたらなんか負けた感じがするしな……。

「それにしても……暑いな」

俺は額の汗を拭いながら小さく呟いた。まだ入って数分なのに汗がだらだら出てくる。たまらず、バッグからスポーツドリンクを取り出しゴクゴクと飲み干した。仄かな甘みとのどを潤す感覚がなんともたまらない。

ついでにチョコバーを取り出すと、ガブリと一口。昼から何も食っていなかった身体に、甘味が染み渡る。

地味に頭も使っていたので糖分が脳に心地良かった。

「……お、おい」

そんな風にちょっと遅い三時のおやつを楽しんでいると、気づけば姿を消したはずの座敷童が傍らで俺を見上げていた。……んん？

「そ、それ……なんだ？」

「なんだって……チョコバーだけど」

「あ、甘い……のか？」

「え、そりゃチョコだし」

「ふ、ふぅ～ん……そ、そう」

……もしかしてコイツ。

「食いたいのか？」

「!!」

座敷童は驚かされた子猫のようにぴょんと飛び跳ねた。丸くなった瞳がなんだかちょっとだけ可愛い。

「は、はぁ!?　んなわけねーし！　ガキじゃねぇんだから！」

いやガキだろ。座敷『わらし』なんだから。

あまりにもわかり易すぎるこの少女にちょっとした面白さを感じながら俺は新しいチョコ

バーを取り出し差し出した。

「なんなら食うか？」

「ッ!?」

差し出されたチョコバーを凝視する座敷童。食いついてる、食いついてる。

「こ、こんなもんにアタシが釣られると思ってんのか？　残念だったな、アタシはこれくらいじゃ働いたりしないぜ」

「いやそんなつもりはなかったんだが……そうだな、たしかに働かざる者食うべからずって言うもんな」

俺はそうすっとぼけながら、チョコバーをポケットにしまった。さぁ、どう出る？

「あ、え……」

それに座敷童は目を白黒させてその場に立ちすくんでいたが、やがて悔しそうに唇を噛むと「バーカ！」と言って姿を消してしまった。

……む、失敗したか。あの食いつきようなら「じゃあ一回だけ働いてやるからチョコ寄越せ」的な展開になると思ったんだけどなぁ。

チョコの実際の美味しさを知らなかったのも座敷童の頑なさを突破できなかった理由かもしれない。

しかし今の失敗は地味に痛いな。余計座敷童との距離が離れてしまった気がする。いや、逆か？　どんな形であれ、喧嘩ができたのは大きい。コミュニケーションが取れたわけだからな。

好物も知ることができたし。

そんなことを考えていたからだろうか。

死角から飛び出してきたその影に、俺は気づくことができなかった。

「ッ!?　グーラー！」

襲撃者の正体は、灰色の狼だった。大型の土佐犬ほどの体格だろうか、猛獣と評してよい迫力だ。

大きく獰猛な狼が、唸り声を上げてグーラーに噛みついている光景は、想像以上に俺に恐怖を与えた。ひやり、と全身の皮膚が凍る。

押し倒され、首筋に噛みつかれているグーラーはろくに抵抗らしい抵抗もできていない。いや、違う。まったくの無抵抗だ。なんで反撃しねぇんだ!?

突然の襲撃者とグーラーの無抵抗に俺が混乱していたその時、どこからともなく飛んできた光の弾が狼を穿った。

ギャンッ、と悲鳴を上げて数メートルほど地面を転がっていく狼。一瞬遅れて、千切れ飛んだ右後足が地面にドサリと落ちた。

な、なんだ？　なにが、どうなっている？

その疑問に対する答えは、すぐそばにあった。

「ボサッとしてんなよ。早くその木偶の坊を動かせ」

いつの間にか傍らに立っていた少女が、つまらなそうに言う。

それで、俺もようやく理解した。今狼を攻撃したのは座敷童で、グーラーが無抵抗だったのは俺が何の命令もしていなかったからか！

「グーラー！　起き上がれるならすぐ狼に反撃しろ！　使えるスキルは全部使え！」

すぐさま命令を下す。すると、グーラーはまるでスイッチが入ったかのようにカッと目を見開いた。それまでの動きが嘘だったかのように俊敏に起き上がると狼へと襲い掛かる。

後足を失ったことで素早い動きができない狼を地面に叩き付けるように押さえつけると、口が裂けるのではないかというくらいに大きく開き、食らい付いた。

狼の哀れみを誘う悲鳴が周囲に響く中、グーラーは一心不乱に狼を貪っている。

そのホラー映画染みた光景に呆然と立ち尽くしていた俺だったが、いつのまにか座敷童が不機嫌そうな顔で傍に立っているのに気付いた。

「ぁ……さっきは助かったよ、ありがとな」

しどろもどろになりながらお礼を言ったが、返事は特になかった。

む、無視かよ。ただ最低限の務めは果たしただけってか？　いや、なにか言いたげだ。なんだろう……あ、もしかして。

「そ、そうだ。働き者にはお礼をしなくちゃな、うん。ホラ、これやるよ」

咄嗟の閃きに従ってチョコバーを差し出すと、座敷童はパッと顔を輝かせ奪い取るようにチョコバーをひったくった。

「ヘッ、別にこれが欲しかったわけじゃないからな。あんまりにもドン臭かったから思わず手を出しちまっただけだ！　勘違いすんなよ！」

「あ、ああ。わかってる。ちゃんと理解してるよ」

そんなにお菓子が食べたかったのか……。なんかもうわかりやすいツンデレキャラみたいになってるじゃねぇか。

だがまぁ、わかりにくいよりずっと良い。次からお菓子を用意しておかないとな。

と、それよりグーラーの方は大丈夫か？

心配になり彼女の方へ視線を向けると、すでに狼の姿はなく口元を赤く染めたグーラーの姿だけがあった。

……うん、無事勝ったようだな。

近寄って確かめてみると、狼に噛みつかれたはずの首筋にはもうなんの傷跡もない。グーラーのスキル、屍喰いによる再生のおかげだろう。

なんにせよ、無事でよかった。

「グーラー、次からは敵に襲われたら速やかに反撃してくれ。スキルも使えるものはなんでも使っていい。わかったら頷いてくれ」

コクリと頷くグーラーに、俺は頼んだぞと彼女の肩を軽く叩いた。

さて、お次は戦利品だ。モンスターとの戦闘に勝利した時、稀にアイテムやカードを落とすことがあるらしいが……。

「お！　カードじゃん！」

俺は地面に落ちていた狼のイラストが描かれたカードを拾い上げた。

Ｆランクのワイルドウルフのカードだ。戦闘力は……たったの１５か。

確かＤランクまでの買取価格は定価の１０％程度だったはず。Ｆランクの定価は一万から十万程度。ワイルドウルフなんて雑魚中の雑魚も良いところだし買い取り額は千円くらいか。

迷宮に入って十数分で千円と考えれば時給的には美味しく感じるが、毎回落とすわけじゃないからな。たしかＦランクカードのドロップ率は、十回に一枚でも落ちればよい方と聞いたことがある。

一応命の危険があることを考えると、低ランクの内はあんまり旨味ないな、これ……。これがＣランク以上になると一気に高収入になるらしいのだが。

どんな世界でも駆け出しは苦しいってことか……。

一瞬ため息を吐きそうになったが、グッと堪える。

考えてみりゃあ、初戦闘でカードが手に入ったってのは十分上出来だ。というか座敷童がいなけりゃグーラーを失ってた可能性すらあることを考えればむしろラッキーと言えるだろう。

さすが座敷童、曲がりなりにもＣランクカードなだけはある。

そう思って彼女を見ると、ションボリした様子で空になったチョコバーの袋を見ていた。

「美味しかったか？」

こうしてみると本当にただの子供だな。そう思いながら問いかけると、座敷童はハッと我に返ったように俺を見た。

「……べ、べつに？　人間の食いモンにしてはマシってところ」

「また助けてくれたら他のお菓子だってやるよ」

「ま、マジか!?　あ、いや……く、くれるってんならもらってやっても、いいぜ？　必ず助けるとは限らねーけどなッ！」

「ああ、それでいいよ。たまにお菓子が食べたい気分になったら助けてくれる感じでさ」

「まぁ、それなら……考えとく」

最初の時に比べたら随分と素直になったその様子に、俺は思わず笑みを浮かべた。

よしよし、なんだ、こうしてみりゃちょっと素直じゃないだけで可愛い子じゃんか。

これは思ったより仲良くできそうだな。

さて、今日はこれくらいにしてもう帰るか。

本当は今日、最低十回以上は戦って戦闘の感覚を掴み、上手くいけば第一層を攻略するつもりで来ていた。

甘かった。俺が思っていた以上に迷宮での移動と戦闘のプレッシャーは大きく精神を削るものだった。

まだ十数分しかたっていないと言うのに、精神的にはヘトヘトだ。

グーラーに与える命令もいろいろ考えておく必要があるし、座敷童のためのお菓子も買っておかなくては。

俺は今日の出来事を頭で反芻しつつ帰路についたのだった。

【Tips】迷宮内部

迷宮は、異空間となっており森林型、山道型、海辺型、坑道型、迷路型、墓地型とさまざまなタイプが存在する。また、季節・天気・時間帯が変化せず、持ち込んだ食べ物なども腐らないことが判明している。熟練の冒険者たちは、皆実年齢よりも若々しいことから、迷宮内部は時の流れが止まっているという説が有力。しかし実際に時が止まっているのなら動くことも不可能なはずなため、謎は多い。

リア充冒険者たちは、この特性を利用して夏だろうが冬だろうがスキーにサーフィンと迷宮で季節のスポーツを一年中楽しんでいる。そしてたまに油断して死ぬ。

第六話　一枚くらいは使いやすいのいないのかよ

――キンコンカンコーン。

「……はぁ」

授業の終わりを告げるチャイムの音に、俺は無意識にため息を吐いていた。

ついに、この時間が来ちまったか……。

別に、休み時間が嫌いなわけじゃない。そんな学生は一人もいないだろう。

嫌なのは、次の授業だ。

女子たちが教室を出ていくのを確認した俺は憂鬱な表情で、体操服へと着替えだした。

いつからだろう、この体育の時間が嫌いになってしまったのは……。

言っておくが、運動は苦手じゃない。得意でもないが。

俺が嫌いなのは、体育の時間に高確率である「はい、二人組作って」という奴だった。

「……マロ、わかってるよな？」

「恨みっこなしだぜ？」

着替え終わった俺のところへ東西コンビがやってきた。

その表情は二人とも硬い。

「ああ、わかってる」

俺たちは拳を差し出すと、同時に言った。

『最初はグー、じゃんけんポン！』

俺、グー。東野、パー。西田、パー。

「ファァアァッック！」

俺は吠えた。

「へへっ、んじゃ今回一人なのはマロってことで」

「悪いな。頑張ってパートナーを探してくれ」

ホッとしたように笑う東西コンビを俺は恨みの籠った眼で見た。

これだ、これが体育の時間が嫌いになったわけだった。

二人組を作るという構造上、いつも三人でつるんでいる俺たちは、一人あぶれることになる。

あぶれた奴は、パートナーを探すためにクラス中をうろつくことになるのだが、その時の心細さとみじめさと言ったら……。

おまけに相手も大抵友達の少ない奴だから、どうしても授業中負のオーラが漂うことになる。

糞、こんなことになったのも南山のせいだ。

アイツがいた頃は四人組だったから二対二で分けやすかったのに、奴が突然抜けた所為で三人組になってしまった。

こういうのを避けるために、四人組でつるみ始めたというのに。

学校生活において四人という数字はいろいろとイベント上都合が良いのだ。

授業ごとのペア決め、修学旅行や体験学習の班決め、麻雀、大富豪、etc.……。

それが、奴の裏切りによって崩れてしまった。

おのれ、南山……。

しかも奴はちゃっかり小野とコンビを組んでやがるのがさらにムカつく。

そうしてコンビを探し始めた俺だったが、今日は間が悪かったのか、なかなか見つけることができなかった。

こういう時大抵あぶれている奴というのは決まっているのだが、そういう奴らがすでに埋まっていたのだ。

気づけば俺はグラウンドに一人でポツリと立っていた。

オロオロと周囲を見渡す。

ど、どういうことだ？　うちのクラスの男子は偶数のはず。余るなんてありえない。もしかして、今日は一人休んでいるとか？

クラスの奴らが、俺を馬鹿にした眼で見ている……気がする。アイツ、組む奴いねぇの？　もしかして友達いないんじゃね？　ボッチとかだせぇ。そんな幻聴が聞こえる……。

ち、違うんだ。友達はちゃんといるんだ。今回はたまたまじゃんけんで負けただけで……。

そんな風に心の中で言い訳をしていると、グラウンドに駆け込んでくる影があった。

「あぶね～、あぶね～。トイレ行ってたら遅刻するところだったぜ。おーい、誰か余ってる奴いねぇの？　俺が組んでやるよ」

到着するなり大きな態度でそう言ったのは、クラスメイトの金成《かねなり》だった。

その容姿は、一言で言えばチャラ男だろうか。ロン毛の金髪をがっちり整髪料で固め、右耳にだけ二個も三個もピアスをつけている。顔立ちは普通で、面長の顔と酷薄そうな眼つきが、どこか蛇を連想させた。

その姿を見た俺は盛大に顔を顰めた。

うわ、最悪……ナリキンかよ！

金成は、いつもリア充グループに纏わりついては授業中や放課後に積極的に絡みに行くも、リア充グループからは仲間と見なされていない……俗に言う一軍半と呼ばれる奴らの一人だった。

ファッションや流行には気を使っているが、ルックスに優れているわけでも一芸があるわけでもない。その癖、リア充グループ以外のクラスメイトを見下すような言動があることから若干皆から煙たがられている、そんな奴らの一人だ。

金成は一軍半グループのリーダー格で、名前をもじってナリキンと陰で呼ばれていた。

ナリキンは余っているのが俺なことに気づくと露骨にがっかりした顔をした。

「なんだ、お前かよ。ツイてねぇ〜。まあ出遅れたししょうがねぇか……ハァア」

いきなりの言いぐさに、ツイてないのは俺の方だと俺は顔を引き攣らせた。

そんな俺を見て、東西コンビをはじめとしたクラスの大体は同情的な顔をしていたが、一部はニヤニヤと見下した視線を向けてきた。

それは、ナリキンたちのグループと……南山だった。

アイツは、自分が抜けた後の元友達がみじめな思いをしているのを見て愉悦を感じているようだった。

……糞、誰のせいでこんな思いをしていると思ってんだ！

俺が後ろ手に拳を握り締めていると。

「よし、みんな組み終わったな！　今日はダブルスのテニスだ。勝ち抜き戦にするからこっちにきてくじを引いてくれ」

「……足引っ張んなよ」

体育教師の指示を聞いたナリキンが、ぼそりと呟いて俺の肩を強めにド突いてきた。

こ、この野郎。お前だってそんなに運動神経良くないだろうが！　つか、感じ悪すぎんだろ！

頭の中にいくつもの罵詈雑言が浮かんできたが……。

「あんだよ？」

「………………なにも？」

俺は、結局一言も言い返すことができなかった。

そんな自分が、一番苛立たしかった……。

その日の放課後。

東西コンビに気分転換のカラオケに誘われた俺だったが、それを断り今日も迷宮へとやってきていた。

ナリキンとの体育の授業は、最悪の時間としか言いようのないものだったが、そんなことは迷宮探索を休む理由にはならない。

むしろ、このクソみたいな現状を変えるには冒険者として成功するしかないとやる気が湧いてきた。

ナリキンが俺にあんな態度を取って良いと思っているのは、相手がカーストの下にいると思っているからだ。奴は、下には強いが上には逆らうことができないタイプの典型だった。

現に、とても喧嘩の強そうに見えない小野はもちろん、成り上がりでカーストトップになった南山にすらナリキンたちは媚び諂《へつら》っている。

それはつまり俺がカーストトップになった時も同じだということで。

そう考えるとやる気がメラメラと湧いてきた。

迷宮へと足を踏み入れた俺は、さっそくカードを取り出した。

今日のメンバーは、グーラーと昨日は呼ばなかったクーシーだ。

「出てこい、クーシー！」

俺の呼びかけと共に現れたのは、牛ほどの大きさもある一頭の犬だった。エメラルドグリーンの綺麗な毛並みと渦巻く大きな尻尾を持つ、なんとも神秘的な犬だ。

大きさ的には犬と言うよりも太古の狼といった感じだが、愛嬌のある顔つきが狼よりも犬のイメージに近かった。

なお、どうでもいいことではあるが、どうやらコイツも雌のようだった。地味に俺のカードはすべて女の子ばかりということになる。もっともグーラーとクーシーに関しては女の子カードだからと言って特に価値が上がったりはしないのだが。

「は、はじめまして、ご主人さま」

クーシーはオドオドと耳を伏せながら俺へと挨拶をした。

なんだか頼りない印象だが、挨拶をする分他のカードたちより好印象だ。

「ああ、よろしくな。クーシー」

ポンポンとクーシーの腕を叩き、俺はグーラーを呼び出した。

現れたグーラーは、ぼんやりと宙を見つめている。

そんな彼女を見ながら、俺は懐からメモを取り出した。

「グーラー、昨日俺がした命令は覚えてるか？」

視線を俺へと合わせ、コクリと頷くグーラー。ん、どうやら記憶力自体は悪くない、と。だが念のため確認しておくとしよう。

「じゃあ、ちょっと命令の内容を言ってみてくれ」

「……マスター、の、後を、ついていく。起き、上がれる、なら、起き、上がる。敵に、反撃、する。使える、スキル、は全部、使う」

「お、よしよし。ちゃんと覚えてるな。それじゃあそれらの命令は一度全部リセットだ。わかったら頷いてくれ」

コクリとグーラーが頷くのを確認して、俺はメモの内容を読み上げ始めた。

「それじゃあ新しい命令を言う。理解したらその度に頷くこと。命令その一、迷宮内では基本的には俺についてくること。命令その二、迷宮内では常にフェロモンのスキルを使ってにおいを消すこと。命令その三、迷宮内では常に敵の気配を探り続けること。命令その四……」

俺が見ているメモは、俺が授業中に考えたグーラーへの命令リストだ。戦闘の際、命令が無くては全く動けないのでは使えないにも程がある。敵に襲われても自分では反撃すらしないのでは、俺の命の危険すらあるほどだ。不測の事態にいつでも俺が適切な対応ができるとも限らない。

そのため考えたのが、予め行動パターンを定めておけばある程度のパターンに対応できるのではないか、というもの。

幸いにも、グーラーに知性はないがある程度の記憶力はある様なので、あらかじめありとあらゆるパターンに対する対応を命令として仕込んでおけば、理論上は他のモンスター同様に自立的に動けるはずだった。

例えば『常に敵の気配を探り続けろ』『敵が一体の時は奇襲をかけろ』『奇襲の時はスキルのフェロモンで気配を消せ』などの複数の命令を組み込んでおくことで、俺がなにも言わずとも敵を見つけた際は奇襲をかけてくれるようになるだろう……と期待したのだ。

怖いのは命令と命令が矛盾を起こした場合で、このメモは俺が自分で命令を忘れないようにするためと矛盾を起こしていないか常にチェックするためのものだった。

とりあえずの命令をし終え、グーラーにその内容を復唱させると、俺はメモをしまった。

「よし、それじゃあ早速探索をするぞ。……クーシーには索敵をお願いしたいんだが、できるか？」

「は、はい。ボクは鼻には自信があるので……」

そう、これっぽっちも自信なさげに言うクーシー。……本当に大丈夫か？

「……頼んだぞ」

俺は若干不安になりつつ道を歩き出した。

クンクンと鼻を鳴らし歩くクーシーの後をついていくと、グーラーは無言で俺の後を追ってきた。

……うん、ついてこい命令は大丈夫と。

俺はメモの命令その一に○をつけた。

しばし無言で迷宮を進む。

じりじりと肌を焼く太陽の光。時折吹く心地よい風。木々のざわめき。小鳥の鳴き声。

のどかな雰囲気に、ここが危険な迷宮であることを忘れかけた頃。

「マ、マスター、て、敵のにおいです。こ、こちらへと向かっています」

クーシーが声を震わせながら言った。

「むっ、そ、そうか。よし、戦うぞ」

グーラーは新しい命令を仕込んだばかり、クーシーは臆病のスキルで戦闘力半減と心配はあるが、半減してなお圧倒的戦闘力の差がある。

Ｆランクモンスターの初期戦闘力は、５０以下。一階層であるここならば、１０から２０と言ったところだろう。対して、クーシーは１５０。半減しても余裕の差だ。

そもそも、迷宮のモンスターは同種族のカードに比べて弱いと言われている。ランクが上であればまず間違いなく勝てるはずなのだ。それが、冒険者登録にＤランクカードの所持を絶対条件としている理由なのだから。

「き、来ます！」

まず感じたのは、プンと漂う卵の腐ったようなにおいだった。吐き気を催すようなそれに思わず鼻をつまむと、においの主が茂みから姿を現した。

それは、狼に乗った緑色の子鬼だった。黒ずんだ緑色の肌、皺くちゃの顔と、ガリガリに痩せた体に、ポッコリと出た腹部。どこか地獄の餓鬼を思わせる容貌……ゴブリンだ。それが、二組。

歯を剥いてこちらを威嚇する敵の姿を見たグーラーが、素早く敵へと襲い掛かった。

そのまま一撃を叩き込もうとしたところで、なぜか動きを止める。は？　なんで止まった？　なぜか敵を前にフリーズしたグーラーに対し、敵は容赦なく襲い掛かってくる。狼が足へと噛みつき、ゴブリンがこん棒で殴りつける。もう一組も加わって、グーラーはすぐに袋叩きとなってしまった。

そこに至ってようやく、グーラーは反撃に移る。噛みついた狼を殴りつけ、その肉を噛み千切り、棒で殴りつけてくるゴブリンを殴り返す。自分を攻撃したモンスターへと、順番に反撃していった。

その非効率な姿を見て、ようやく気付いた。グーラーは機械的に自分を攻撃したものに反撃を行っているのだと。最初に攻撃しようとした時動きが止まったのは、敵が二重に重なっており、どちらに攻撃すればよいのかわからなくなったため……。

チッ！　俺の命令の仕方が甘かったせいか。

俺は小さく舌打ちすると、すぐに指示を飛ばした。

「クーシー！　何をしてる！　グーラーを助けろ！」

「う、あ……ぼ、ボク、ボク……」

ところがクーシーは、襲われるグーラーを見てもオロオロとするばかりでまったく動かない。

なにしてるんだ、コイツは……！　たまらず怒鳴りつける。

「クーシー！」

「ヒィッ……す、すいません、すいません！」

俺の怒声に、クーシーは頭と尻尾を抱えて蹲ってしまった。

思わず呆気にとられる。

……ま、マジかよ。臆病のスキルってここまで酷かったのか。

戦闘力が半減するだけで、一応は戦えると思っていたのに……。

頭を振って切り替える。仕方ない。今は、クーシーは諦める！

「クーシー、戻れ！　出てこい、座敷童！」

「あん？　はぁ、出番かよ」

クーシーの代わりに座敷童を呼び出すと、彼女は億劫そうな顔で俺を見てため息を吐いた。

「座敷童、グーラーを助けてくれ！」

「嫌だね」

「……はぁ？」

愕然と、座敷童を見る。そんな俺の様子を見て、彼女はニヤニヤと楽しそうに嗤っていた。

「なんでお前の命令を聞かなきゃいけないんだよ。言っただろうが、アタシを戦力として見るのは諦めなってな」

「う、く……。そ、そうだ。新しい菓子があるぜ？　どうだ、欲しいだろ？」

俺は、バックから来る途中に買ってきた菓子を見せた。上のコンビニで売っていた、期間限定のパウンドケーキだ。

「む……」

それを見て一瞬だけ悩んだ座敷童だったが。

「いや、やっぱ駄目だね。そんな気分じゃない」

プイッとそっぽを向いてしまう。

「クソッ！」

ここにきて、座敷童の反抗期が悪い方向に出てしまった。

お菓子で釣るのも、こういった切羽詰まった状況ではむしろ逆効果か。

……………………仕方ない。こうなったら、覚悟を決めるしかないか。

俺は、バッグから警棒を取り出した。

万が一の時のために用意したこれを、さっそく使う羽目になるとはな……！

「お、おい……？」

「うおおおお！」

「んなっ、マジかよ！」

座敷童の困惑の声を背に、俺はゴブリン集団へと突撃した。

まさか人間である俺が突っ込んでくるとは思っていなかったのか、ゴブリンたちがギョッと眼を見開き、わずかに硬直する。その隙に、俺は警棒でゴブリンの頭を殴りつけた。

「くっ……！」

か、硬い！　まるでゴムタイヤを殴りつけたような感覚。殴ったはずのこちらの手が痺れるようだ。

「グーラー！　まずは狼の方を一体ずつ片付けろ！」

「イエス、マスター」

グーラーが、自らに噛みつく狼へと喰らいつくのをしり目に、俺はゴブリンと対峙した。

頭を殴りつけたことで緑の子鬼たちは完全に俺を敵と見なしたのか、黄ばんだ歯をむき出しにして唸っている。その本物の殺気に、俺は恐怖を覚えた。

無意識に足が下がり、血液が急速に冷えていくのを感じる。

落ち着け、大丈夫だ。こんな小学生並みのチビに、高校生の俺が負けるわけがない。リーチでも俺が勝ってる。カードのバリアもある。落ち着け、俺。

乱れた息を整える間もなく、ゴブリンたちが同時に殴りかかってくる。

一体目の攻撃はなんとか躱したが、もう一体の攻撃は躱せない。警棒で受け止める。それが、失敗だった。

ガツン、という衝撃が走り、手が痺れ、警棒を取り落としてしまう。

なんて馬鹿力だ！　小さくてもモンスターということなのか。凄まじい膂力だった。

カードのバリア機能により怪我はないが、衝撃は確実に俺の手を痺れさせている。

それが、俺に死のイメージを明確に喚起させた。

「ヒッ！」

こん棒の一撃を転がるようにして躱す。頭上スレスレ。金玉が縮み上がった。

固めた覚悟が一瞬で砕ける。

も、もう駄目だ、逃げよう。そもそも、生身で戦うもんじゃねぇって、これ！

そう思った時、グーラーの姿が見えた。ようやく一体目を食い殺したところで、まだもう一体の狼が残っている。ここで引けば、また袋叩きだ。

俺はグッと唇を噛みしめると、落とした警棒へと飛びついた。

あと十秒。あと十秒だけ時間稼ぎをしてやる……！

半泣きになりながら警棒を構える俺に、ゴブリンたちが野猿のように飛びかかってきた瞬間。

「グッ!?」「ギャッ!?」

どこからともなく飛来した光弾が、ゴブリンたちの頭を撃ち抜いた。

「は、え？」

脳漿《のうしょう》をぶちまけ絶命する小鬼たちに、俺は混乱したが、すぐに何が起こったのか気づいた。

そうか、座敷童が動いたのか。

グーラーは……完全に狼を拘束して貪り喰らっている。直にあちらも倒せるだろう。

「はぁ〜〜〜〜」

デカイため息をついてへたり込む。

……疲れた。マジでビビった。これが、迷宮、これがモンスター。

正直、甘く見てた。もっと、楽して金を稼げる仕事だと思ってた。RPGをやるみたいにガンガン迷宮を攻略して、どんどん金を稼いで、女の子たちにはモテモテな夢のような職業だと……。そんな仕事が、あるわけないのに……。

「ふ、ふへへ……」

しかし、Fランク迷宮の、第一階層の、誰もが知る雑魚カード相手に死闘かよ。

思わず、自嘲の笑みが零れる。我ながら笑えるぜ。

こんなんで、冒険者やってけるのか、俺？

「おい」

見上げると、そこにいたのは座敷童だった。なぜか、酷く険しい顔をしている。

えっと、なんだ？　頭が働かない。……ああ、そうか、お礼か。

「ああ、助かったよ。お菓子か、ちょっと待ってろ。今出す――」

「そうじゃねぇ！」

懐をゴソゴソと漁ろうとする俺を、鋭い声が貫いた。

ギョッと眼を見開く。な、なんだ、コイツ。なんでこんなキレてんだ？

むしろキレたいのは、ギリギリまで助けてもらえなかった俺の方なんですけど!?

理不尽なものを感じる俺に、座敷童が問いかける。

「なんで戦った？」

「なんでって……お前が戦ってくれなかったから」

「違う！」

いや、違うって言われても……。

「アタシが言いたいのは、なぜグーラーのために自分の身を危険に晒したかってことだ。カードなんて消耗品だろうが。そんなもんのためになぜ、命を懸ける？」

コイツ……何が言いたいのかさっぱりだぜ。

だが、座敷童の顔は真剣そのものだった。

仕方がないので、真面目に答えてやることにする。

「消耗品、消耗品とは言うけどな。俺にとってグーラーでも大事な財産なんだよ。それをこんな序盤も良いところで喪えるか。次に、別に命を晒したわけじゃない。カードのバリアもあったしな。俺がやりたかったのは、グーラーが持ち直すまでの時間稼ぎだよ」

「………………」

俺の説明を聞いた座敷童は、じっと何かを考え込んでいるようだった。

「もういいか？　それじゃあそろそろ帰るぞ。今日はもう、疲れたぜ」

今日も一回戦っただけで終わっちまった。なんつースローペースだ。だが、グーラーの命令を調整したり、クーシーの運用を考えないことには迷宮なんてとてもじゃないが攻略できん。

俺が重い身体で立ち上がると。

「待てよ」

「……なんだよ、まだあんのか？」

俺がウンザリと振り返ると、座敷童がニヤリと笑った。

「報酬のお菓子を貰ってないぜ」

「はあああああぁぁぁぁ～～～～……！」

俺はその日最大のため息を吐いたのだった。


「や、やっと着いた……」

迷宮攻略を終え、俺はクタクタになりながら自宅へと帰還した。

つ、疲れた。体が重い。鉛のようだ、とはまさにこのことだろう。

運動量自体は大したことがないはずなのだが、生まれて初めての死闘——というほど俺の方は命の危険はなかったが——による精神的疲労が俺の体力を奪っていた。

「た、ただいま～……」

「お兄ちゃん、お帰り～！」

玄関の扉を開けると、すぐさま出迎えてくれた影があった。

小動物を思わせる小柄な身体つきに、ショートボブに切り揃えたふわふわの栗毛、人懐っこい笑みを浮かべた、十歳ほどの美少女。……妹の愛《あい》だ。

基本的に父親似で両親の平凡なパーツを受け継いだ俺とは違い、美人の母親似で両親の良いところばかりを集めた愛は、肉親の贔屓目を抜きにしても整った容貌をしている。

並んで歩くと血の繋がりがあると見られることはほとんどなく、近所の心無いババアどもに至っては、俺と愛を見比べて「お兄ちゃんがいらないパーツ先に持って行ってくれてよかったね」などと平然と言いやがるほどだ。

もし俺が兄ではなく弟だったら、出涸らしと呼ばれていたことだろう。

「ね、ね、今日も迷宮行ってきたんでしょ？　どうだった？」

クリクリの瞳を輝かせてそう問いかけてくる愛に、俺は苦笑した。

珍しく玄関まで出迎えてくれたと思ったら、迷宮に興味があっただけか。

まあ気持ちはわかる。逆立ちしても迷宮に入ることが許されていない小学生にとって、迷宮はまさしく物語に出てくる異世界そのものだ。

身近に迷宮に潜っている者がいるならば、その冒険譚を聞きたくなって当然のことだろう。

目を輝かせてこちらを見上げてくる妹の頭を撫でながら、俺はニヤリと笑った。

「ああ、今日もたくさんモンスターを倒してきたぜ」

……ゴブリン相手に無様に死闘を繰り広げてきた俺にも、妹に見栄を張りたいくらいの意地はあった。

「すご〜い！　じゃあもう迷宮は踏破した？」

そんな兄に対し、無自覚にハードルを上げてくる妹。俺はそっと目を逸らした。

「い、いや……それはまだ」

「そっか〜、残念」

と愛は少しだけ表情を曇らせるも、すぐにパンと手を鳴らし。

「あ、そうだ！　今そろそろモンコロの試合始まるよ！」

そう言って俺の手を引いてリビングへと入る。

すると、こちら……というか愛に向かって飛びついてくる影があった。

甘やかされてでっぷりと太ったラブラドールレトリバー……愛犬のマルだ。

「マル〜」

愛の手によってわしゃわしゃと搔き撫でられて千切れんばかりにしっぽを振るマル。

「ただいま、マル」

そんなマルへ向かって俺も笑顔で手を広げてみたが、奴は途端に興味を失ったようにそっぽを向くと、どこかへと歩き去って行った。

こ、この馬鹿犬……。完全に俺のことを格下だと思ってやがるな……！

「おかえり、手を洗って早く着替えちゃいなさい」

俺が馬鹿犬に対して静かに憤っていると、キッチンで洗い物をしていたお袋がそう声をかけてきた。

愛が大人になったらそのままこうなるのではないかという感じの母は、息子の俺が言うのもなんだが、高校生の息子がいるとは思えないほど若々しく美しい。

実際、お袋はかなり若くして俺を生んでいた。お袋は現在三十五歳で息子の俺が十六歳……逆算するとやや犯罪の臭いがするところだ。

「アンタ、晩御飯は？　食べてきたの？」

「いや、食ってない」

「じゃあ温めなおすわね」

鼻歌交じりに夕食を温め始めるお袋。その様子からはどこかホッとしたような雰囲気が伝わってきた。

……実のところ、うちの両親は俺が冒険者をやることを快くは思っていない。

当然だ。我が子が死ぬようなところに行くことを歓迎する親はいない。

それでも渋々ながら許可を出してくれたのは、俺が生まれて初めて『真剣』になっていることを理解してくれたからなのだろう。

また、二度のアンゴルモアを経験している両親は、迷宮と無関係に過ごそうともモンスターの脅威というのは襲い掛かってくることがある……ということを身をもって知っている。

十年前の第二次アンゴルモアも、幼かったこともあって俺はほとんど覚えていないが両親にとっては記憶に新しい出来事だ。

我が子を危険な場所へは行かせたくないが、『本当の危機』に対処できるようにはなってほしい……両親の考えとしてはそんなところだろう。

そういうわけで俺の挑戦を見守ることにしたお袋であったが、やはり心配であることには変わりないようであった。

それを申し訳なく思いつつ温めなおしてくれた夕食を食べていると……。

別室にいたらしい親父がリビングへと入ってきた。

「お、マロ。おかえり」

そこへ、部屋をウロウロとしていた馬鹿犬が通りかかる。

それを見た親父がしゃがみ込んで笑顔で両手を広げるが、馬鹿犬は俺の時と同様軽く一瞥し、そのまま通り過ぎていった。

……どうやら、親父も相当マルに舐められているようだ。

ところが、親父は俺のように怒ることもなくニヤリと笑い。

「ふ、女には媚びても男には尻尾を振らんか。マルもこの家の男というわけか」

そうニヒルに呟いた。

いやいやいやいや……。

「そんな情けないことをカッコつけながら言われても……」

「何を言う、女に媚びて媚びて媚びて、美人の奥さんを捕まえてきたのが北川家の伝統だぞ。俺を見ろ、こうしてちゃんと十歳も年下の美人の奥さんを捕まえてるじゃないか」

ううむ、一理ある。と俺は唸った。

こういうのもなんだが、親父の容姿は俺と同じ特徴のないモブ顔である。違いと言えば、綺麗な二重瞼で優し気な瞳をしていることくらいで、それ以外は俺のまんま三十年後の姿だった。俺は、完全に親父似なのだ。

ハッキリ言って、この容姿でお袋を捕まえるのは、かなりの試練であったはず。それを乗り越えて見事お袋をゲットした男の言葉には、それなりの説得力があるように思えた。

「なあ、母さんもそう思うだろ？」

親父がキッチンの方へと問いかけると、お袋が力強く頷いた。

「そうよぉ～。お母さんがお父さんを選んだのは、何でも言うこと聞いてくれそうだったのと、浮気したくてもできなそうだったのと、給料が良かったからなんだから」

ひどすぎる……。親父もさすがにちょっと悲しそうだ。

……まあこんなこと言いつつ普通におしどり夫婦なんだけどね、この両親は。

爺ちゃん婆ちゃん曰く、なかなかの大恋愛だったらしいし。

「あ、お兄ちゃん。モンコロの試合が始まったよ」

とその時、ソファーでTVを見ていた愛がこちらへと振り返ってきた。

夕食を口に運びつつ、そちらに目を向けるとちょうどオープニングが流れるところであった。

『今宵も血に飢えた現代の剣闘士たちが、闘技場の舞台へと上がる……。吹き上がる血飛沫、木霊する断末魔。この戦いは、どちらかの死を持ってしか終わらない……！　モンスターコロシアム、開幕です！』

――モンスターコロシアム。

それは、迷宮とカードの登場により生まれた新しい娯楽だ。

それまでフィクションの中でしか存在しなかったモンスターたちが、画面の向こう側で、あるいは目の前で、ド迫力で殺し合うその光景は、見る者を熱狂させ、冒険者ブームの火付け役となった。

カードの中には、可愛らしい造形の動物や見目麗しい人間型のモンスターも少なくない。

そんなカードたちに流血と殺し合いを強いることに対し、残酷だ！　という意見も少なくはないが、今ではモンコロは冒険者制度と共に世界中に定着しつつある。

それは結局のところ、古代ローマのコロッセウムがあった頃から、人間の本質は一歩も前に進んでいないことを意味しているのかもしれなかった。

『まずは赤コーナー！　奪った命は数知れず！　失ったカードはわずか三枚！　藤堂慎吾《とうどうしんご》選手の登場だァ！』

ＢＧＭと共に選手が入場する。

『続いては、白コーナー！　敗北の屈辱が俺を強くした！　一度負ける毎に、格段に強くなって舞い戻ってくる不屈の戦士！　熊王銀司《くまおうぎんじ》選手の登場だァ！』

紅白両方の選手が、古代ローマのコロッセウムを模した闘技場で、睨み合う。

画面越しにもわかる、ギラギラとした眼差し。

ゴングの音と同時に、両選手がモンスターを召喚する。

藤堂選手が召喚したのは、バッファローを連想させる闘牛の頭を持ち、人間の男性の身体を持つ異形の怪物であった。身の丈は、成人男性の優に二倍はあり、全身に筋肉の鎧を身に纏っている。その腕の太さたるや、人の胴体ほどの太さがあった。

迷宮が現れた現代、この牛頭の怪物の名を知らぬ者はいないだろう。

藤堂選手が呼び出したモンスターの名は、迷宮を徘徊する怪物の代名詞、ミノタウロスであった。

一方の熊王選手が呼び出したのは、青毛の馬に跨った老騎士。銀色のフルプレートアーマーを身に纏い、手には馬上槍を携え、顎には豊かな白髭を蓄えたその姿は、まさに歴戦の騎士と言った風格を漂わせている。

実況が、両選手の召還したモンスターの名を告げる。

『藤堂選手が呼び出したのは、迷宮を代表するモンスター……ミノタウロスッ！　対する熊王選手が呼び出したるは、ソロモン七十二柱が一つ、悪魔の騎士フルカスだァーーッ！』

呼び出された二体のモンスターは、すぐさま行動に移った。

咆哮とともにフルカスへと向けて突進するミノタウロスに対し、フルカスは自身の配下を呼び出し肉の壁を作り出して対処した。

それを見ていた愛が驚愕の声を上げる。

「えー!?　なんかたくさん出てきた！　一対一の戦いなのにこれってアリなの、お兄ちゃん！」

「ああ、これはフルカスのスキルだから良いんだよ」

モンコロにあまり詳しくない愛へと解説をしてやる。

モンスターの中には、スキルによって配下を召喚する力を持った者がいる。

迷宮の主などに付与されることも多い、眷属召喚という能力だ。

眷属召喚で呼び出されたモンスターは、本来の性能よりも劣化しているが、それでも一枚のカードで複数のモンスターを呼び出せるという利点は非常に大きい。

そのため、眷属召喚の能力を持つカードは総じて高値を付けられていた。

「へぇ～！　じゃあこのフルカス？　ってモンスターも高いんだ？」

「ああ、特にこのフルカスはあのソロモン七十二柱だからな……」

それぞれが軍勢を率いるという逸話を持つソロモン七十二柱の悪魔たちは、配下の召喚に特化したモンスターだ。

二十の軍勢を統べるとされるフルカスは、その伝承の通り二十体ものCランクモンスターを呼び出すことができる。たった二十体で軍勢とはあまりに寂しく感じるかもしれないが、この二十体のCランクモンスターもまたDランクモンスターを呼び出す眷属召喚の能力を持つのである。しかも、その数は無制限。時間さえ許す限り、無限に配下を呼び出せるソロモン七十二柱の能力は、まさに軍勢を統べるという伝承に相応しい能力だった。

シンプルなまでに自身の強化に向いたミノタウロスに対し、配下の召喚に特化したフルカス。質と量の戦い。実に対照的で興味深い戦いだ。

『おおっとぉ!? これはぁ！』

そんな風に愛への解説を交えながら観戦していると、試合が大きく動いた。実況の興奮した声が響く。ミノタウロスが、肉壁のわずかな隙間を見出しフルカスへと迫ったのだ。

「ガァアアッッ!!」

「グ、ウッ……！」

片腕を犠牲にフルカスまでたどり着いたミノタウロスが、その巨大な両刃斧《ラブリュス》でフルカスを袈裟切りに切り裂いた。

深い。素人目にも致命傷とわかる一撃。

「ガ、ガンダァアアルブッ！」

熊王選手が、フルカスへと向けて叫ぶ。あのカードの名前だろうか。……なんだか妙にデジャブを感じる名前である。

『クリティカルヒット！ 大ダメージ！ ギリギリでロストは免れたようですが、これは決まってしまったかぁ!? 熊王選手、フルカスの名前を叫んでいます！』

『熊王選手は、フルカスをネームドにしているようですね』

『プロの選手の方でカードに名づけをしているのは珍しいですね！　以前、プロの方はカードへの名づけを好まないというお話を耳にしたのですが』

実況のセリフに、俺は確かに、と頷いた。プロの冒険者、それもモンコロに出るような選手でカードに名づけをしている人はかなり珍しかった。

カードには、名づけというシステムが存在する。

通常、カードは死ねばそのまま消滅してしまう。育てた戦闘力も、そのカードが持つスキルも、すべてが失われてしまう。

だが、名づけをしたカードは、ネームドカードへと変わり、死後もソウルカードという形で自身の情報を残す。このソウルカードに、同性同種族のカードを消費することで、そのままのステータス、人格、容姿のまま復活させることができるのだ。

どれほど鍛えて連携を仕込もうが、どんなレアスキルを得ようが、カードがロストしてしまえばそれで終わりだ。未使用のカードを消費することで、カードの蘇生を可能とする名づけのシステムは、一見とても大きなメリットがあるように見える。

だが、多くの冒険者たちがあまりカードへの名づけをしないのには、当然、それなりの理由があった。

名前を付けたカードは初期化できなくなる——つまり二度と売ることができなくなるのだ。

『はい。ネームドになったカードは、復活の権利を得る代償に資産としての価値を失いますから、どうしてもプロの方は名づけを避ける傾向にあります。特にモンコロなどで活躍したカードは市場価格の何倍もの値段で売れることも少なくないので、選手の方は猶更ですね。ただ、それはあくまで傾向です。貴重な後天スキルを持っているだとか、そもそも売るつもりのないカードに名づけをすることもありますよ』

『なるほど！　ではあのフルカスも名づけをするだけの価値があるスキルを持っている可能性が高いわけですね。ここからの逆転の可能性に、期待が高まります！』

名づけ、か……。

冒険者がカードの名づけをするケースは主に二つ。そのカードがよほど失い難いスキルを持っているか、あるいは……よほどそのカードに愛着を持ってしまったかの、どちらかだ。

そして冒険者の間で、カードに愛着を持ちすぎるのはあまり良くないこととされていた。

なぜなら、時に冒険者はカードのロストをも計算に入れて運用しなくてはいけないからだ。下手に愛着を持ちすぎると、自分の命がかかった場面で冷静な判断ができなくなるかもしれない。

故に、一流の冒険者になるには、カードに対する一種の割り切りのようなものが必要だとされている。カードに名づけをするほど愛着を持ってしまうようでは、冒険者失格なのだ、と。

……とまぁ、偉そうなことを言ってはいるが、これらはすべてとあるトッププロ冒険者の雑誌でのインタビューからの受け売りだ。

実際には、今日の選手のようにプロでも名づけをする選手はいる。

それは、あのフルカスがレアスキルを持っているからなのかもしれないが、あの様子を見る限りではカードとの信頼関係を築いた結果だったのかもしれない。

カードとの信頼関係……今の俺ではいまいちピンとこない言葉だ。

俺も、カードたちに名づけをする日は来るんだろうか？

ぼんやりとＴＶを眺めながら、俺はそんなことを考えるのだった。

【Tips】ステータス

カードにはそのモンスターのステータスが表記されているが、その詳細については判明していない。戦闘力についても、力・速さ・器用さ・魔力・頑丈さなどのさらに細かい能力に分けられているというのが有力な見方である。同様にスキルについても名前ぐらいしかわかっておらず、実際に使わせてみてその効果から考察するしかない。ギルドにはそう言ったデータが全冒険者から集められており、専用のアプリから情報を発信している。主人公もカードのスキルをそういったアプリなどから調べている。そのため、ハズレと思われているスキルにまだ見ぬ力が眠っている可能性は大いにある。

第七話　エロゲみたいな美人の保健室の先生って実在すんの？

「ふぁぁ、あ～～～」

昼休み、教室にて。俺はいつものメンバーと飯を食いながら込み上げる眠気と戦っていた。

「……なんだよ、マロ。随分眠そうだな」

俺の大きな欠伸を見た東野が言う。

「最近いつも眠そうだよな。そんなバイト忙しいん？」

「あ～……」

少しだけ心配そうな西田の言葉に、何と返そうか少しだけ迷った。

スーパーのバイトは、冒険者になる少し前に辞めている。あのスーパーには、シフトにたくさん入れるという以外に何の魅力もなかったからだ。

だが、それを正直に言ったらどうして眠いんだよ、という話になる。なので……。

「最近新人の指導をすることになってさ。しかも一気に三人。それでちょっといつもと違う疲れ方してるかも」

「なるほど、そりゃ大変そうだな。俺には無理だわ」

と東野が顔を顰める。そこへ西田がいやらしい笑みを浮かべて言った。

「でも可愛い女の子かもよ？」

「お、確かに。そこらへんどうなのよ？」

「む」

確かに、三人の新人さんは可愛い女の子ではあった。ただし一人は生意気ロリ、一人は死体美人、最後の一人に至っては人間の形すらしていなかったが……。

「確かに女の子ではあるな」

「おお！　顔は？　可愛い？」

グッと身を乗り出す絶賛彼女募集中の東野。なお、募集はしても勧誘はしていない模様。

「外見は……まあ可愛いよ。一人は美人系でもう二人は可愛い系かな」

嘘はついていない。

俺の言葉に二人は眼を輝かせた。

「なにそれ、最高じゃん！」

「可愛い後輩バイトを指導するとか、エロゲかよ」

なんでもエロゲやギャルゲーに繋げるのはやめようね、西田くん。

「そんな良いもんじゃないんだってマジで。一応仕事だぜ？　仕事」

俺はうまく冒険者の仕事をぼかして二人に愚痴った。

一人は俺のことを舐めていてまるで言うことを聞いてくれず、一人は言ったことはちゃんと覚えてくれるのだが自分で考える力はゼロ、最後の一人は真面目で素直なのだがプレッシャーに弱くチャレンジ精神に欠ける……。

そんな俺の説明に、二人はちょっとだけ同情したような顔をした。

「なかなか癖のある人材みたいだな」

「欲しいもんいろいろあるからバイトしてみようかなと思う時もあるけど、マロの話聞くと大変そうで二の足を踏むんだよなぁ」

腕を組みながら悩む西田に、俺は一応フォローを入れることにした。

「いやあ、うちのところは普通のところより大変だから参考にならないと思うぞ？　一週間のほとんど入ってるし、それだけ入れるってことは常に人が足りてないってことだしな。週二日か三日で入るなら普通に大丈夫だと思うぜ」

「うへ、そんな入ってんのか。そりゃ最近付き合い悪いわけだ」

「そんなに稼いでなんか欲しいもんあんの？　バイクとか？」

「あ～……」

東野の何気ない質問に、俺は少し言葉に詰まった。

「まぁいろいろだな。バイクの免許といい感じのバイクも確かに欲しい」

バイクがあれば冒険者としての活動範囲も広がるしな。

「なるほどねぇ。バイクちょっと俺も欲しいな。うちの高校、バイクで登校できるし」

「その辺うちの高校緩いよな。駅からちょっと離れてるからだろうけど。俺もコミケに向けてちょっと短期バイトでもやってみるかな」

無事話題を流せたことに内心胸をなで下ろしていると、クラリと眩暈が俺を襲った。

「やべぇ、眠すぎて眩暈するわ。ちょっと保健室で寝る。悪いけど先生に言っといて」

「大丈夫かよ、気をつけてな」

二人に手を振り保健室へと向かう。

わが校の保健室の先生は、妙齢の色っぽいお姉さん……などでは当然ない。三十年ほど前はもしかしたら美人だったのかもしれないおばちゃんだ。

……ラノベやギャルゲーのような美人でエロい保健室の先生なんて実在するのだろうか。いるのならぜひ教えて欲しい。

「すいません、ちょっと眩暈がするんでベッド貸してもらっていいですか？」

保健室に入った俺は真っ先にそう言ったが返答はなかった。部屋を見渡すと、誰もいない。

どうしよう、勝手に寝てもいいんかな？

そう迷っていると。

「——先生、今いないよ、勝手に休んでいいんじゃない？」

不意に奥のベットのカーテンがシャッと開かれ、一人の女生徒が顔を出した。

「し、四之宮さん」

そこにいたのはリア充グループの一人で、学年一の美少女とも言われている四之宮 楓だった。

噂では読者モデルをやっているという彼女は、毎日メイクをバッチリと決め髪をアッシュゴールドに染めた完全なギャルだ。髪型はその日の気分で結構変わっているのだが、背中まで届くフワフワの髪をシュシュでお洒落に纏めていることが多い気がする。

友達も垢抜けた派手目の娘が多く、うちのクラスのギャル系女子のトップでもあった。

普段はまとめてリア充グループと言われる高橋らだが、彼らの多くは他に友人グループを持っておりそのトップを務めている。例えば高橋は野球部系グループを、牛倉さんは吹奏楽部の大人しめの女の子グループをそれぞれ持っている。

親友で幼馴染らしい四之宮さんと牛倉さんだが、女子としてのグループは完全に別なのだ。

そんなギャル系派閥のトップである四之宮さんに、俺のような陰キャ系モブは若干の苦手意識を感じていた。

理由はいろいろと上げられるが、あえて一言で言うなら「童貞だから」と言ったところか。

俺が蛇に睨まれた蛙のように身を硬直させていると、四之宮さんは微笑みを浮かべ隣のベッドを指さした。

「体調悪いんでしょ、休みなよ」

その笑みは思いのほかあどけないもので、俺は不覚にも一瞬見惚れてしまった。

「あ、うん。ありがとう」

おずおずと隣のベッドへと入り、体を横にする。

それからしばし無言の時間が流れた。俺は隣に天敵であるギャルがいることで寝付くことができず、かといって何かを話しかけるわけでもなく、悶々とした時間を過ごしていた。

「…………」

コッチコッチと時計の音だけが妙に部屋に響く。

なんか……情けねぇな。ふと思った。

四之宮さんみたいな可愛い娘ともビビらずに話せるよう冒険者を目指したというのに、今もこうして意味もなく苦手意識を持っている。

結局、俺は根っからのモブってことなのだろうか……。冒険者なんて肩書を得たってリア充になんて到底――。

「……ねぇ」

「ひゃい!?」

無言でスマホを弄っていたはずの四之宮さんに急に話しかけられ、物思いにふけっていた俺は思わず変な声を出してしまった。

それに彼女はプッと噴き出して。

「なにそれ、ウケる。えーと、名前たしかマロだっけ？　変わった名前だよね」

「あ、いや、それはアダ名。本名、北川歌麿だから」

アタフタとしながらなんとか答える。

「あ、そうなんだ。でも本名も変わってんね。つか、きたがわうたまろってどっかで聞いたことあるかも」

「……一応クラスメイトだしね、一回は聞いたことあるでしょ。まあ四之宮さんが言ってるのは江戸時代の絵師の喜多川歌麿《きたがわうたまろ》のことだと思うけど」

「あー、それだそれだ。もしかしてそれが名前の由来？」

「良く言われるけど、違う。母親が愛歌《あいか》で親父が昌磨《しょうま》だから一文字づつ取って歌磨。役所に届けた後、江戸時代の絵師みたいって気づいたらしいぜ」

「アハハハ、それウケる！」

会話を続けるうち、俺は徐々に自分の肩の力が抜けていくのを感じた。

ケラケラと笑う四之宮さんには、いつもクラスで感じる『違う生き物』を見る感じが無く、すごく話しやすかった。

「でもマロって言いやすくていいね。ウチもマロって呼んでいい？」

「え、う、うん」

「ありがと。でさ、マロっちってもしかしてバイトでもしてんの？」

「え？」

思わぬ質問に一瞬呆気にとられた。

「あー、一応」

「やっぱり！　ウチがよく行くスーパーでよく見かけた気がするからさ。なんか見覚えあるなーと思って」

「へ、へぇ、そうだったんだ」

マジかよ、全然知らなかった。バイト中は仕事でいっぱいいっぱいで周りなんて全然目に入ってなかったからな。

「なんか汗だくになって働いてるから声もかけ辛くてさ。いつも大変そうだなーって思ってたんだよね。週どれくらい働いてんの？　行くといつも見るけど」

「あー、スーパーは週五日かな。土日は、他のバイトもしてるから」

「ヤバ！　毎日じゃん。そりゃ眩暈もするよ。そんなに働いてなんか欲しいものあるの？」

「それは……」

最初は、東野たちと同じように誤魔化そうかとも思った。だが、四之宮さんのキラキラとした瞳を見た時、俺の口を出てきたのは全く違う言葉だった。

「ちょっと目標があってさ。その投資のためかな」

「……目標？」

「ああ」

俺は寝返りをうつとぼんやりと天井を見つめた。

……これまでの人生で、俺がクラスの中心に立ったことなんて一度もなかった。小学校も、中学校も、クラスの人気者たちがワイワイと騒ぐのを教室の端の方で眺めて生きてきた。

それに不満を思ったことは、実は……ほとんどない。人には持って生まれた性質があり、自分は人々の中心に立つ人物じゃあないと子供のころから悟っていたからだ。

だから南山がリア充グループの仲間入りをしたのを見た時は、本当に衝撃を受けた。

アイツは間違いなくモブキャラだった。顔も良くない、勉強も振るわない、運動神経もない、話だってそんな面白いわけじゃないし、性格も実は悪い。

それが冒険者になった途端リア充グループの仲間入りをした。

正直、すごいと思った。

それを見て東野たちは南山に嫌悪感と怒りを覚えたようだったが、俺は逆に尊敬を覚えた。

怒りはもちろん感じたが、一方で持って生まれたモブキャラという性を打ち破ったアイツに、敬意を抱いたのだ。

それで、気づかされた。

モブキャラであったことに不満はない。だが、リア充に対する憧れはあったのだと。

だから、挑戦してみることにした。

自分が変われるかどうかを、人生で初めて限界まで頑張ってみて、試してみようと思ったのだ。

その試みはまだ途中だ。

そんなことを考えていると、瞼がどんどん重くなっていった。

なんとか堪えようとするが、どうにも耐えられそうにない。先ほどからフッフッと意識が点滅している。

四之宮さんがなにかを言っていたが、俺はそれに反応することもできず深い眠りへと落ちていった。

――――なんかそういうのってカッコイイね。

夢の中で四之宮さんがそう言ってくれたような、そんな気がした。

【Tips】美人の保健室の先生

実在しない。昔は美人だったのだろうおばちゃんの保健室の先生はいるにもかかわらず、その若い頃に遭遇した学生はなぜか存在しない。アニメや漫画、映画の中にはかなりの頻度で存在するため、日本には美人の保健室の先生が存在すると思っている外国人もいるが、実在しない。ファンタジーの生物が実在するようになったこの世界においても、美人の保健室の先生はファンタジー性を保ち続けている。

第八話　例えるならRPGの序盤でちょっとだけ加入するお助けキャラみたいな

俺が冒険者となって一週間が経った。

毎日のように迷宮に潜り続けた結果、俺は少しずつだがカードの使い方……というか付き合い方というものを理解しつつあった。

まず座敷童について。彼女の操縦方法は基本的にオートだ。基本的に野放しにし、たまに戦闘を手伝ってくれた時のみお菓子などの報酬を与える。

感覚としては、RPGでのお助けNPCに近い。低レベルのころに一時的に加入し戦力的には最強だが一切のコマンドを受けつけてくれない感じのキャラ。あれだ。

もはや思い通りに動かすことなど諦めている俺だが、手ごたえは感じている。この一週間の餌付けの結果、徐々に座敷童が戦闘に参加してくれる確率が上がっているのだ。

要は子供と同じだ。頭ごなしに命令しても反抗期の子供は言うことを聞きやしない。だから最初は玩具やお菓子で釣る。そして、ちゃんとできたら褒める。そうやって、少しずつお手伝いの楽しさや達成感を教え込んでいく。

今までのコイツのマスターはそれを理解せず自分の思い通りにしようとしたから、コイツは心を閉ざしてしまったのではないだろうか。

俺はだんだんとそんな風に思う様になっていた。

次にグーラーだが、コイツは座敷童の真逆で、完全マニュアル操作のカードだった。

とにもかくにも命令をしておかなければ動かない。敵に襲われても反撃すらしない。

ゆえに、戦闘の際はすぐさま命令を出すか、あらかじめ『敵に襲われたら反撃しろ』という命令を仕込んでおかなくてはならない。

最初はあまりに面倒くさいと思っていた俺だったが、今では逆にこれはこれで面白いんじゃないかと思い始めていた。

グーラーは命令が無ければ動かないが、命令さえしておけばそれを必ず守る。

ありとあらゆるシチュエーションを想定しあらかじめ複数の命令を組み込んでおくことで、『命令がなければ動けない』から『融通が利かない』程度まで仕上げるのが現在の目標だ。

今では学校の授業中も戦闘のシチュエーションとその際にあらかじめ仕込むグーラーへの命令を考え続けているほどだ。

迷宮に入るまでにできる限り命令を考えておき、実際の戦闘で問題点を洗い出し修正する。

すべての命令をメモし命令に矛盾が出ないよう管理する作業は地味で大変だが、俺は育成ゲームのようなグーラーの調教に嵌まりつつあった。

最後に、クーシーについてだが……。

「マスター！　敵の集団を見つけました！」

牛のように大きな犬が、俺の元へと駆け寄ってくる。

エメラルドグリーンの綺麗な毛並みと渦巻く大きな尻尾を持つその犬は、俺の前まで来るとすっくと立ちあがった。

　こうして二本足で立っているのを見ると、その身体つきは犬と人間の中間あたりだということがわかる。四本足でも二本足でも活動できるその身体は、どちらかというと猿のものに近いかもしれない。

「数は三体。武器無しのゴブリンが二体に、バトルウルフが一体です！　こちらにはまだ気づいてません」

「うんうん、よくやったぞ、クーシー」

　そう言って頭を撫でてやるとクーシーはブンブンと尻尾を振って喜んだ。

　可愛いなぁ……。ウチのマルの奴も子犬の頃はこうして尻尾を振ってきたもんだが、最近は完全にこちらを舐めてやがるからな。

　その点このクーシーは、真に敬うべき相手というものをよくわかっている。

　犬とはこうでなくてはな。

　鼻が利くからこうして大分先のモンスターも教えてくれるし、気配を消せるため斥候役として非常に優秀……なのだが、一つだけ大きな欠点があった。

「で、だ。どうするクーシー。今回はお前が戦ってみるか？」

　咳ばらいを一つしそう提案してみると、クーシーはビクリと身を震わせ尻尾を丸めてしまった。

「う、うう……ボクはまだちょっと、戦闘は……」

「そうか……」

これがこのクーシーの唯一にして致命的な欠点であった。

このワンコちゃんは、その臆病な性格により戦うことができないのである。

ある意味では、言うことを聞かない座敷童よりもカードとしては失格と言えるだろう。

本当は多少鞭打ってでも矯正すべきなのだろうが……。

「わかった。じゃあ敵のところまで案内したらグーラーと交代だ」

「……ごめんなさい、マスター」

しょんぼりと尻尾を下げるクーシーの頭を撫でてやる。手が沈み込む様なモコモコの毛並みは、触っていて非常に気持ちが良かった。

「気にするな、できることからやっていこう。な？」

「は、はい！」

我ながら、甘い。が、クーシーも斥候役としては十分役に立ってくれている。臆病な分、敵の気配に気づくのも早い。

それを考えれば今すぐに矯正しなくても良いかと思ってしまうのだ。

それに以前怒鳴ってしまった時は、その後しばらく俺にすら怯えてろくにコミュニケーションが取れなくなってしまったからな。

グーラーで戦闘が事足りている今、無理にクーシーを戦わせようとして斥候にすら使えなくなるのは困る。

そんな打算的な考えもあった。

「お優しいこって」

俺たちの道案内と敵の索敵を兼ねて先行するクーシーを見送ると、そんな嘲笑が背後から聞こえてきた。……座敷童だ。

「カードに気を遣って優しいマスター気取りか？　どうせより強くて使いやすいカードが手に入ったら乗り換えるのに、時間と労力の無駄なんじゃねぇか？」

「そんなことはない。今だって十分役に立ってるさ」

「索敵のことを言ってるなら嘘だな。あれぐらいもっと低ランクでも十分こなせる。むしろ死んでも痛くないぶんもっと低ランクの方が使いやすいだろ？」

一理ある……と俺は彼女の言葉に内心で頷いた。実際、ロストの危険性が高い索敵役には低レアの方が使いやすい。死んでも経済的打撃が少なく、また死ぬことで強力な敵の存在を遠距離からでも教えてくれるからだ。

プロが取る戦術のうちにも、数十枚のFランクカードを次々と迷宮に放しては使い捨てにし索敵をする、というものがあるらしい。

……だが。

「それは使い捨てることが前提だろ？　育てて使い込んでいくなら俺のやり方が一番だ」

……Fランクカードと言えども使い捨てにできるほど財布に余裕があるわけじゃない、という悲しい事情は黙っておく。

「甘いねぇ」

「甘いのはお前も好きだろ？　言うこと聞かないカードにお菓子をあげるマスターなんて俺くらいだろうしな」

「ヘッ、言いやがる」

そう言い残し、座敷童は気配を消した。

ふふん、今回も俺の勝ちだな。

彼女はこうしてたまに嫌味を言ってくるのだが、俺はそれにうまく切り返し続けていた。最近じゃあ俺はこのちょっとした舌戦を楽しんですらいるくらいだった。それは座敷童も同じようで、彼女が俺に語り掛けてくる回数も少しずつ増えてきている。それはまるで、本当は友達になりたいのに照れくさくて悪戯から仕掛けてしまう悪ガキのようで、少しだけ微笑ましかった。

「マスター、敵の集団が近いです。交代をお願いします」

「わかった。クーシー、戻れ。出てこいグーラー！」

戻ってきたクーシーの言葉に、俺は彼女をカードに戻すとグーラーを呼び出した。

現れたグーラーは、素早くボクシングフォームを取り、ぎょろぎょろと目を動かして周囲を確認すると、

「敵影無し、戦闘中ではない、と判断、しました」

そう言って構えを解除した。

グーラーにはあらかじめ出現と同時に戦闘態勢に入り、周囲の確認を必ずするように言ってある。そしていくつかの選択肢を事前に仕込んだうえで、自分がどうすればいいかを判断するように命令していた。

人工知能がチェスや将棋で人間を凌駕するようになったように、こうして少しずつデータを蓄積させることでグーラーの知性を育てることができないかという、いくつもある実験の一つだった。

「状況を説明するぞ。現在クーシーが見つけてくれた敵の集団に接近中だ。数は三体。ゴブリンが二体に、バトルウルフが一体だ。敵は恐らくまだこちらに気づいていない。距離はバトルウルフの嗅覚ギリギリ。道具はあるものはなんでも使っていい。さて、どうする？」

俺の問いにグーラーは感情のない声でボソボソと答え始めた。

「イエス、マスター。回答、します。この状況は、シチュエーションナンバー27、の適用が可能と、判断します。よって、単騎にて、スリングショットの、射程範囲まで、スニーキングし、まずは、バトルウルフを、狙撃します。次に、散弾を、装填し、敵グループへと、攻撃します。そののちは、結果に、関わらず、スタンロッドでの、殲滅に、移ります」

グーラーの言うスリングショットとスタンロッドとは、冒険者専門店で購入したモンスター用の装備のことである。

スリングショットは硬いゴムが十本も束ねてある人間ではとても引けない特注品で、彼女のようなモンスターでもなければ到底扱うことのできない代物だ。スタンロッドも人間相手では違法なレベルまで出力を増してあり、所有にあたり市役所での届け出が必要なレベルだった。

俺はバッグからスリングショットとスタンロッドを取り出し、彼女へと預けた。

「よし！　いいぞ、やってみろ。戦闘中の様子はちゃんとカメラで録画しておくように」

グーラーにはウェアラブルカメラのついたヘルメットを付けさせている。戦闘の様子はすべて記録されており、動画を再生しながら命令の修正を行うのが俺の最近の日課だった。

「イエス、マスター」

敬礼とともに立ち去るグーラーを見送っていると、ふいに座敷童が姿を現した。

「……あの木偶人形が見違えたもんだ。グーラーとは思えねぇよ」

普段は皮肉ばかりの座敷童が唸るように称賛を口にする。

それに気分を良くしつつ俺は答えた。

「ま、苦労したからな。この一週間で一番時間をかけたのはグーラーの教育だ。ようやく芽が出始めた感じだな」

「あれで本当に自我がねーのか？」

「ああ。俺の命令以外のことはできない。今も自分で回答を考えたみたいな感じだったけど、あれも俺の言った過去の命令の複合形だ。グーラーはちょっとずつ選択肢を組み合わせられるようになってきたけど、自分で選択肢を作り出すことはできないんだよ」

思考しろ、自分で考え出せと常に命令し続けている俺だが、逆に言えばそうでもしないとグーラーは何も考えてはくれない。

ゆえに俺はありとあらゆる想定をして、それをグーラーにインプットし続けている。

例えば普通の人間なら腹が減れば飯を食おうとする。その日の気分や体調を考慮してどんなものを食べようか選択肢を浮かべる。だがグーラーは腹が減っても命令しなければなにも食べない。食え、といって初めて食べようとする。それでもそこに好みの問題などは含まれない。ただ機械的に食べ物ならなんでも口にしようとする。

そこで俺はカレーや牛丼、オムライスなどの様々な選択肢を与え、その時の状況に最もふさわしいものを選べと命令する。そこまでやって、ようやく普通に飯を選んで食うということができるようになる。

その積み重ね、積み重ねでグーラーは一人でここまで行動できるようになった。

人間だって、未知の状況にはうまく対応できないものだ。

それをまがりなりにもどうにかできるのは、それまでの経験によるものが大きい。

俺はこの経験という名の解答集をグーラーに与えてやりたいのだ。

その努力は、少しずつだが実を結び始めている。

俺はグーラーのカードを取り出すと座敷童へと見せた。

【種族】グーラー
【戦闘力】１１０（１０ＵＰ！）
【先天技能】

・生きた屍
・火事場の馬鹿力
・屍喰い
【後天技能】
・絶対服従
・性技
・フェロモン
・奇襲（ＮＥＷ！）
・虚ろな心（ＮＥＷ！）

「なんじゃこりゃ！　二つも新しいスキルを覚えてんじゃねぇか！」

カードを見た座敷童が驚愕の声を上げた。

無理もない、それだけカードにとって新しいスキルを得るというのは難しいことなのだ。

基本的にスキルを覚えさせたり、あるいはデメリットスキルを消すには数か月は必要と言われている。

極めて危機的な状況に遭遇したり、劇的な精神の変化で短時間にスキルを得たり失ったりすることもあるそうなのだが、そんなことは稀だ。

にもかかわらず、グーラーはわずか一週間で二つもスキルを得た。

しかも育成が難しいと言われるアンデッド系なのにもかかわらずだ。

別に、このグーラーが特別だとか、俺が天才だというわけではない。

アンデッドの特性と、絶対服従のスキルが上手い具合にかみ合った結果だった。

アンデッドは、ある意味ではまっさらな存在だ。自分では何も考えないというのは、そこに無限の余白が広がっているということに他ならない。一時的にマスターの命令が書き込まれることがあっても、それはすぐに漂白されていく。

しかし、そこに永続的に書き込める絶対服従というペンがあれば？

書き込まれた命令は消えずに残り、積み重なった無数の文章により、いつしか一冊の本ができ上がるだろう。

また、新しく得た二つのスキルも、グーラーの資質上習得しやすいモノであったのも理由の一つだ。

奇襲は、相手に気づかれずに攻撃を与えることでダメージに補正を与えるスキルである。俺はグーラーに隠密スキルの代わりにフェロモンで気配を消させて先制攻撃をさせ続けていたため、その経験がこのスキルに繋がったのだろう。

そして虚ろな心。俺はこのスキルに一番の手ごたえというか達成感を感じていた。

アプリのスキル図鑑の説明には、こう載っている。

限りなく自我の薄い心。精神異常への耐性、自由行動にマイナス補正。

自我の薄い……言い換えれば少しは自我があるということだ。

通常、下位のアンデッドには自我がないと言われている。だが、虚ろな心を得たということは、今彼女の中には、心が芽生えつつあるということを意味していた。

「…………むぅぅ」

可愛い顔に眉間を寄せてグーラーのカードを睨む座敷童。

そんな彼女に俺はニヤリと笑う。

「どうよ、ちょっとは見直したか？」

「ハッ……そーいう生意気なことは迷宮を一つでも踏破してから言うんだな、雛鳥ちゃん」

「む」

座敷童の言葉に俺は思わず詰まった。

迷宮の踏破、か。

この迷宮に挑み続け、ようやく第五層目まで来た。

あとは主が存在する最下層だけであり、その階段を見つけるのが今日の目的だ。

その時のコンディションにもよるが、俺は今日中に迷宮の主に挑むつもりでいる。

ここまで来るのにすでに一週間も掛かっている。

普通、この迷宮のようなFランク迷宮なんて深さにもよるが三日程度で踏破できるものらしい。俺のようにCランクカードを持っていたら一日でも踏破できるそうだ。

ここまで時間が掛かったのは、グーラーの育成に時間をかけたというのもあるが、敢えて手探りでここまで進んできたからというのが大きい。

実はギルドでは踏破済みの迷宮の地図や主の攻略情報を売っているのだが、俺はそれらの情報を一切買わずにいた。精々、無料で公開されている迷宮の階層深度と内部の時間帯を調べたくらいだ。

それは冒険者用品を買ったらお金があんまりなくなったという切実な事情もあるが、Fランク迷宮くらい情報なしでも攻略しなくちゃ成長できないと思ったからである。

それゆえに、俺の迷宮攻略は慎重に慎重を重ねたものとなっていた。

最初の迷宮とは言え、あまりに時間をかけ過ぎだという自覚はある。

だから、できれば今日この迷宮を踏破してしまいたい。

ここまでの迷宮探索で十分な手ごたえは得ている。今のグーラーなら単体でも主を倒せるのではないかという自信があった。

そもそも、冒険者になるためにDランクカードが必要なのはFランク迷宮程度ならランクの差でごり押しできるからだ。

迷宮の主は、基本的にその迷宮で出るモンスターのワンランク上のモンスターが出るらしい。この迷宮で言えばコボルトとかヘルハウンド辺りのEランクモンスターか。その上、主たちは迷宮のバックアップを受け、生命力が通常の数倍以上に強化されたり下位種族を無尽蔵に呼び出したりができるそうだ。

だがそれでもなお、Dランクカードが一枚あればクリアできる。それがランクの差なのである。

現に、グーラーはこれまでほぼ単騎で複数の敵相手に戦い抜いている。敵を一、二撃で倒せる破壊力と、攻撃と再生を兼ねた屍喰いがその勝因だ。

仮に主が数倍の生命力を持つタイプだったとしても屍喰いで持久戦はできるし、眷属召喚の能力を持つタイプであってもその破壊力で速攻戦を決められる。問題があるとすれば何らかの特殊なスキルを持つ場合だが、基本的にスキルは上位ランクほど効果がえげつなくなるという法則がある。つまり、Ｆランク迷宮の主など大したスキルは持っていないはず。

どうするか、やっぱり今日挑むか？　最悪、座敷童もいることだし負けることはないだろう。

思考が挑戦に傾き始めたその時、戦闘からグーラーが戻ってきた。

「マスター。戦闘、終了、しました。戦利品を、ご確認、ください」

「おお、よくやった。何も問題なかったか？」

グーラーから二つの黒い小石――魔石を受け取りながら尋ねる。万能の資源と言われる魔石は、どんな小さなものであってもギルドがグラム単位で量って買い取ってくれる。この大きさだと、二つで五百円ってところか。

「ハイ、マスター。バトルウルフの、狙撃を、行った、のですが、射線上に、ゴブリンが偶然、入り、バトルウルフに、ダメージを、与えることが、できません、でした。第二段階の、散弾の、装填に、移ったの、ですが、バトルウルフが、急接近、してきたため、シチュエーションナンバー4、に従い、それまでの作戦を、停止し、近接戦闘に、入りました。そののち、スタンロッドと、スキルを、活用し、敵の殲滅を、終えたため、帰還、しました」

「そうか……いや、よく頑張ったな。戻っていいぞ」

「了解、しました」

敬礼するグーラーをカードに戻すと、俺は目頭をもみほぐした。

むぅ、やはり事前の作戦通りにはなかなかいかないな。まあそれでも敵を倒せたから良いっちゃ良いんだが、それはあくまで相手が格下だったからで、同格相手だったらそうはいかないだろう。

やはり、今日主に挑むのはやめておこう。階段を見つけるだけにしておくべきか。

俺はクーシーを呼び出すと、敵の索敵と階段の捜索を再開させた。

「なんだ、今日も主に挑まず尻尾丸めて帰んのか？　こんなんで迷宮を踏破できる日がくんのかぁ？」

「うっせ」

ニヤニヤとこちらを煽ってくる座敷童を適当にあしらう。

「お前がメインで戦ってくれるってんならすぐにでも挑んだって良いんだぜ？」

「そりゃあ無理だ。アタシはこれを読むのに忙しい」

そう言って座敷が掲げてみせたのは、国民的ゲームの外伝漫画だった。

無論、俺が家から持ってきてやったものである。

ピンチの時だけ戦い、その報酬にお菓子をやるという暗黙の契約を結んでいる俺たちだが、グーラーがある程度戦えるようになると座敷童の出番はほとんどなくなってしまった。

　すると、暇になった上にお菓子まで手に入らなくなってしまったコイツは、何を思ったのか……その幸と不幸を操る能力で俺に悪戯するようになったのだ。

　例えば俺を道で転ばそうとしたり財布を落とさせたりなんかは可愛いもので、はぐれたモンスターと俺を不意に遭遇させて俺の心臓を止めかけたことすらあった。

　まったく、カードはマスターに危害を加えられないって話はどこに行ったんだ？　それとも、これくらいじゃあ攻撃とは見なされないってことなのだろうか。

　ともかく、戦闘に加わらないばかりか足まで引っ張られちゃあ堪らない。

……が、そこで怒ったら俺の負けである。

　俺はこの悪戯を主の器を試すコイツなりの試験と受け取った。

　里親に引き取られた養子が、最初のうち里親を試すように悪戯を繰り返す、というのはたまに聞く話である。

　そこで、俺は悪戯よりももっと面白いもので興味を引いてやることにした。

　この作戦は大成功。今ではこの小さな暴れん坊はすっかり日本の漫画に夢中となっていた。

「しかしさあ、この街の奴らはマジで胸糞悪いよな。街を救うために一人で十万のモンスターの大群に挑む主人公に石まで投げつけてさ」

　ふいに座敷童が、漫画について語りだした。俺もそれに乗る。

「まあな。でも最終的には主人公のために立ち上がってくれたわけじゃん。必殺技を使うために魔力を貸してくれたしさ」

「そこが一番胸糞悪いんだよな。結局あいつらが出てきたの、老師の自爆魔法で敵の軍勢が消し飛んだあとじゃん！　いわばほとんど大勢が決してから出てきたわけよ。それを最後だけ力貸して味方面って、アタシそういうのが一番腹立つんだよな〜」

「まあ一理あるな。でもさ、最初から街の住人全部が主人公のために立ち上がるってのはリアルじゃねえよ。だって主人公はまだなんにもしてないんだぜ？　街の人たちから見りゃ、不幸だけ呼び寄せたようにしか見えないわけよ。それに中には最初から主人公を助けようと動いてくれた人たちもいたわけじゃん？　主人公の仲間を牢から出してくれたりさ。そいつらは多少なりとも襲撃の前から主人公と付き合いがあったからそうしたわけで、もしそれがなければそいつ等だって何もしなかったと思うぜ」

「……なるほど、たしかに街の住人にとっちゃ命懸けで守るほどの存在じゃないか。でも石まで投げつけることはないだろ」

「結局そこは、人間の美しさと醜さってのを作者は描きたかったんじゃねぇか？　人間の中には自分の罪悪感を誤魔化すために必要以上にキツく当たる奴もいるわけよ。そして大半の人間はわが身が一番大事だが、中には人のために命を投げ出すことができる人もいる。老師の自爆はそれを街の人に教えてくれたわけだな。それが、仲間の賢王としての覚醒と、ラストの展開に繋がったっていう物語の美しい流れなわけよ。ちなみにこれはラスボス戦に通じる流れでな？　全体を通してこの漫画が伝えたいメッセージがここに――」

「でもそれは人間を美化しすぎだろ。命の本質って奴は人間にもモンスターにもあってそれをこの三匹の雑魚モンスターは教えてくれて――」

「ところがそこは――」

「そこは良かったよな。最高のシーンだった！　でもアタシとしては――」

俺たちは帰路につきながら、めちゃくちゃ熱く語り合ったのだった。

【Tips】迷宮の深さ

深ければ深いほど敵が強力となる迷宮は、その階層数によって大まかにランク分けされている。

・Aランク迷宮：推定深さ百階以上
・Bランク迷宮：深さ五十一階以上百階未満
・Cランク迷宮：深さ三十一階以上五十階未満
・Dランク迷宮：深さ二十一階以上三十階未満
・Eランク迷宮：深さ十一階以上二十階未満
・Fランク迷宮：深さ十階未満

Cランク迷宮であればすべての階層でCランクモンスターが出現するというわけではなく、十階未満であればFランクモンスターしか出ない。

Aランク迷宮が推定となっているのは、未だAランク迷宮の最深層に人類が辿りついていないからである。

最深層には、その迷宮のランクよりワンランク上のモンスターが待ち受けており、それを便宜上“迷宮主”と呼んでいる。主は迷宮に出現モンスターよりランクが上なばかりか迷宮からバックアップを受けており、戦闘力の強化や眷属召喚などの能力を与えられている。

第九話　ウチには座敷童がいるんだからよ

翌朝、俺はいつもより入念に迷宮探索の準備をしていた。

充電済のスタンロッド、モンスター用のスリングショット、催涙スプレーと口まで覆うタイプのゴーグルマスク。催涙スプレーは熊撃退用の強力なものであり、ゴーグルは風で薬剤が逆流してきた場合のための備えだ。その他にも色々と役立ちそうなものを詰め込んでいく。

今日こそ俺は、初の迷宮踏破を行うつもりだった。

幸いにして今日は学校も休みだ。適度な休息をしつつ、試行錯誤する時間は十分にある。すでにFランク迷宮に一週間以上もかかってしまっている。これ以上この迷宮に時間をかけるつもりはなかった。

この迷宮をクリアしたら、迷宮の情報を買わずに挑むという縛りも解除するつもりだ。もう十分に未知の迷宮に挑む経験は積めた。今度はどんどん迷宮を踏破していくことで色んなタイプの敵と迷宮を知っていく予定だ。

そうして気合を入れていると、二階からトコトコと降りてくる影があった。妹の愛だ。

まだ眠いのか、目をこすりながらフワフワの栗毛を揺らす様はとても可愛らしい。

近所のおじさんおばさんたちからちょっとしたアイドルのように可愛がられているという話も頷ける。

なお、ご近所における俺のウケは悪い。

なにが「妹さんはあんなに可愛いのにねぇ……大丈夫！　男は顔じゃないわよ！　お金持ちになりなさい。そしたらウタマロくんもモテモテよ！」だ。

俺は金持ちにならねぇとモテないとでも言いたいのか！　馬鹿め！　言われなくても――知ってるよ……。

「ふぁあ、おはよぉ～……」

「おはよう」

なぜか目尻に浮かんできた液体を拭っていると、愛が欠伸交じりの挨拶をしてきた。

とさりと倒れ込むようにソファに座り、ぼんやりとした表情で俺の荷物を見ていた愛だったが、突然パッと目を輝かせると駆け寄ってきた。

「あ～！　もしかして、お兄ちゃん迷宮行くの!?」

「おう。今日こそ迷宮を踏破してくるぜ」

「私も行きたーい！　連れてって、ね？　ね？」

可愛らしくおねだりする愛だったが、言ってることはシャレにならなかった。

「ダメダメダメダメ！　無理に決まってんだろ」

「えー、なんでなんで？　私も一回くらい行ってみたーい」

「危ないからに決まってんだろ！　それに、冒険者以外は迷宮に入っちゃ駄目なの。一般人を連れ込んだらカード没収されちまう」

金さえあれば簡単になれる冒険者だが、なった後は案外規則が厳しかったりもする。例えば迷宮に冒険者以外の人間を連れ込んだり、あるいはほかの冒険者を襲ったりすると一発でライセンス没収、二度と交付されない上に場合によっては刑事罰すらあり得た。

それに何より、未だに自分の身すら危ういというのに、愛を連れていくなどあり得ない。もし万が一のことがあれば、悔やんでも悔やみきれないだろう。

いくら可愛い妹の頼みであってもこればっかりは受け入れられなかった。

「あーあ、私もはやく冒険者になりたーい。そしたらクラスのみんなに自慢できるのにな」

この思考回路……完全に俺の妹である。

違いといえば、愛はそのルックスと性格からすでにスクールカーストのトップだということか。

兄と妹、どうしてここまで差がついたのか……。遺伝子と会話できるなら小一時間は問い詰めてやりたいところだ。

「ま、いっか。今はお兄ちゃんが冒険者ってだけで。正直、お兄ちゃんのこと優しくて大好きだけど～ちょっと冴えないなーって思ってたんだよね。でも最近のお兄ちゃんはカッコよくて大満足！」

「そりゃ～どうも」

明け透けな妹の評価に俺は苦笑した。仕事で忙しい両親の代わりに俺が良く遊び相手になっていたため、俺と愛は一般的な家庭に比べ仲がいい。だが愛が大きくなって服やアクセサリーなどに興味を持つようになると、小学生にして俺のファッションセンスを超えるようになった妹は、だんだんと兄に対して微妙な眼差しを送るようになってきたのだ。

俺はそれを「愛も兄離れの時期かな～」なんてのんきに構えていたのだが、どうやらあれは単純に兄の冴えなさに女としてがっかりしていただけだったようだ。小さくても女は女ということか。

それが、俺が冒険者になったことで「やっぱりお兄ちゃんはスゴイ！」となったと。

当初の目的であるスクールカースト成り上がりこそ予定通りにはいかなかったが、少なくとも家庭内カーストはちょっと向上したようだった。

「おっと、もうこんな時間か。そろそろ行くわ」

「頑張ってね！」

妹に見送られ、俺は慌てて家を出たのだった。


——一週間も通い続けただけあって、最下層までの迷宮攻略は極めてスムーズに進んだ。

スマホの冒険者アプリには、これまで攻略したマップの地図や様々な情報が記載されている。

その最短ルートをできるだけ敵を避けながら進むことで、ほとんど消耗がないまま俺たちは最下層に至る階段の前まで到着することができていた。

「……大体五時間ってところか」

最下層への階段を前に、腕時計を見た俺はそう呟いた。

何度も通った道とは言え、一週間かけて攻略していった道が数時間で済むとなるとさすがに思うものがある。

長くて三日、スムーズにいけば一日。それが、Ｆランク迷宮の攻略に掛かる時間。

手探りで進んでいた時はピンとこなかったが、なるほど地図と敵がわかっているというのはここまで迷宮攻略を楽にしてくれるのか。

やはり、初回は絶対に自分の力だけで攻略するというのは変なこだわりだったんだろうか。最初からギルドで情報を買っていれば……俺は時間を無駄にしただけなんじゃあないのか？

……いや、そんなことはない。こうやって自分の力だけでここまで来たからこそ、後々生きてくる経験というものはあるはずだ。

俺は自分にそう言い聞かせると、バッグを降ろしクーシーと座敷童へと振り返った。

「よし、最下層に入る前にちょっと休憩するぞ」

「はい！」

「あー、疲れた、はやく菓子くれ、菓子」

「お前はろくに働いてないだろうが……」

そう言いつつ、俺は座敷童へとお菓子を渡してやった。

一応、本当に一応だが、道中働かなかったこともなかったからな……。

今日のお菓子は、上のコンビニで売られていた期間限定のイチゴのムースだ。

俺が二口で食えそうな大きさのくせに一つ五百円もするちょっとした高級品である。

「む、この酸味と甘みのハーモニー。とろけるような舌ざわり……なんて美味さだ！　シェフを呼べ！」

この前貸したグルメ漫画の影響か、阿呆みたいなことを言い出す座敷童。

バカガキは放っておくとして、俺も一口ムースを口に入れる。む、確かにこれは美味い。コンビニの品とは思えないレベルだ。

……しかし、慣れてみれば冒険者業ってのも悪くはないな。

そりゃあ重い荷物を持って何時間もモンスターの徘徊する迷宮を移動するというのは心身ともに疲れる。

頼りの三枚のカードは、言うこと聞かないわ、融通利かないわ、臆病だわで一筋縄でいかない奴ばかり。

高収入、高収入とテレビで言う割には、ここまでで得た収入はせいぜい一万円ほどで、苦労に見合うものとは思えなかった。

肝心のスクールカースト上位にはなれなかったし、正直不満だらけだ。

……だが、同時に今までの人生で味わったことのないような充実感のようなものを感じているのも事実だった。

当初想定していたほど命の危険性もないし、グーラーはだんだんと戦えるようになってきたし、クーシーもペットとしてみれば可愛いし、クソ生意気なだけだった座敷童もこうしてお菓子を夢中になってがっついてるところは中々愛嬌が——。

「おい、ボンクラ。喰い終わっちまったからおかわりくれよ、おかわり」

――いや、やっぱ愛嬌なんてないな。生意気なだけだわ。

俺は一瞬で我に返ると、ため息をつきながら立ち上がった。

「おかわりなんてねぇよ。ほら、休憩は終わりだ。行くぞ」

「なんだよ、しけてんな～。貧乏人はこれだから」

「ハッ倒すぞ」

そんな軽口をたたき合っていると、おずおずとクーシーが言ってきた。

「あの、ボクは……その」

「ああ、わかってる。ここからはグーラーと交代だ。ご苦労さん」

「あ、はい。ありがとうございます」

ホッとした顔でお礼を言うクーシーの頭を撫で、グーラーと交代させる。

「グーラー、準備は良いな？」

「イエス、マスター」

「よし」

いよいよ、最下層。

迷宮を一個も踏破したことのない冒険者なんて、冒険者じゃない。

ここを踏破してようやく、俺は冒険者としての一歩を踏み出すのだ。

俺は意気揚々と最下層へと足を踏み入れ――。

「……ッ！」

その瞬間、明らかに変わった空気に、俺は背筋を震わせた。

それまで夏の森といった雰囲気だった周囲が、一気に薄暗く冷気の漂うものへと変わっている。

別に迷宮内の天候が変わったわけじゃあない。単純に森の木々が深く、鬱蒼としたものへと変わったせいで太陽の光が遮られただけだ。そのせいで先ほどよりも暗くなり、気温が下がったのだろう。

……そう考察しつつも、俺は言いようのない違和感を感じていた。

暗くなったことについてはそれで説明がつく。だがこの纏わりつくような悪寒はなんだ？

これまで変わらなかった植生が変化したのはなぜ？　それに、先ほどから微かににおうこの下水道のような悪臭は一体……？

……ここは本当にさっきまでいた迷宮の延長上にあるのか？

一度、撤退するべきかもしれない。

理屈じゃなく、本能的な何かでそう考えた俺は後ろへと振り向き——目を見開き愕然とした。

「か、階段が……！」

先ほど俺たちが下りてきた階段。それが綺麗さっぱりなくなっていた……。

ど、どういうことだ？　もしかして、ここが最下層だからか？　最下層に一度でも入ると主を倒さなきゃ帰れないとか？　いや、そんな話は聞いたことがない。逆に、主に勝てそうになかったから撤退した話は何度も聞いたことがある。

となれば、これは迷宮全体の仕様じゃあない。この迷宮特有の現象だ。

ああ、クソ。やっぱり事前に調べておくべきだった！　もし撤退ができないと知っていたら絶対にこの迷宮には来なかったのに！

そう俺が後悔していると、ガッと強く肩を掴まれた。小さな手。座敷童だ。

「おい、しっかりしろ！　気が付いてるよな？　ここは普通じゃねーぞ」

「あ、ああ」

俺は無様に頷きつつ、コイツが俺を気遣うようなことを言うなんて……と場違いなことを考えていた。

「……クソ、まさか階段が消えるなんてな。知ってたら最初からここを選んだりはしなかったのに」

俺の言葉に座敷童は怪訝そうに眉を顰めた。

「ああ？　何言ってんだ？　階層を隔離できるほどの主を最初から探知できるわけないだろ。マジでしっかりしろよ、死ぬぞ」

……？　なんだ？　何言ってんだ、コイツ？

やべぇ、まだ混乱してるのか？　自分でも頭が働いてないのがわかる。落ち着け、よーく考えろ。

まず、座敷童はなんて言った？　そうだ、迷宮じゃなくて主について言ったよな？　ってことはだ、これはこの迷宮の仕組みじゃあなく主が起こしている現象ってことになる。

でも迷宮の主は基本的に変わらない。主を倒すたびにランダムで変わるタイプの迷宮も存在するが、それは主の特性というよりは迷宮の特性だ。そして、ここはそういった特殊なタイプの迷宮ではない。さすがに、それくらいは調べた。

初めての迷宮探索で、俺はできる限りオーソドックスで探索がしやすい迷宮を選んだつもりだ。マップこそ購入しなかったが、ギルドが無料で公開している情報はしっかりと調べた。ここは、発見されたばかりの迷宮ではなく、過去に冒険者たちに数えきれないほど踏破されている。その中に、入ると階段が消えるだとか、主がランダムで変わる、なんて情報はなかった。

座敷童は「階層を隔離できるほどの主を最初から探知できるわけない」と言った。ってことはだ、これは通常の迷宮の主ではなく――。

それに思い至った瞬間、ゾワリと全身の産毛が逆立った。

「――い、【二人歩きする死神《イレギュラーエンカウント》】か……！」

イレギュラーエンカウント。それは冒険者の死因ナンバーワンに輝く、一種の事故だった。

迷宮には、全迷宮を渡り歩く固有のモンスターが存在する。そいつらは本来の迷宮主を喰らいその迷宮を乗っ取ると、餌が来るのをじっと待つという習性を持つ。

それを外部から知ることは決してできないと言われており、こうして最下層に踏み込んで初めてその存在がわかる。いつ自分の元に訪れてもおかしくない、まったく予期せぬ不幸……。

故に、事故。

さ、最悪だ。こんな事態を防ぐために、この迷宮を選んだというのに……！

俺も、イレギュラーエンカウントに対する最低限の警戒くらいはしていた。この迷宮で直近に行方不明者……未帰還者が出ていないかくらいは調べていたのだ。外部からその存在を観測できず、事故扱いされているイレギュラーエンカウントであるが、不注意による遭遇くらいは避けることができる。それが、その迷宮における行方不明者の有無の確認だ。

イレギュラーエンカウントの発生した迷宮では、それを返り討ちにでもしない限り、必ず行方不明者が出る。全冒険者にDランク以上のカードの所持が義務付けられている以上、Fランク迷宮ごときで行方不明者が出るのは不自然。そこでようやく、人類はイレギュラーエンカウントの発生を察知することができるのだ。

イレギュラーエンカウントが巣を張っている確率は、その迷宮が踏破されていない期間が長ければ長いほど上がる。故に、遭遇の確率を減らしたければ、踏破されたばかりの迷宮を選べばよい。この迷宮も、俺が潜り始めるつい先日に一度踏破されたばかりだ。確率の上で言えば、この迷宮でイレギュラーエンカウントと出くわす可能性はかなり低い。……はず、だったのだ。

理不尽。もはや不運なんて言葉では言い表せないほどの理不尽であった。

「ハアッハアッ……！」

息が、し辛い……。心臓の音がやけに耳に響く。喘いでも喘いでも酸素を肺に取り込めている気がせず、少ない酸素を送るために心臓が暴れまわっているようだった。

俺が、ここまでイレギュラーエンカウントに恐怖しているのには、当然理由があった。

——イレギュラーエンカウントは、そのどれもがAランククラスのスキルを持っている。

かつてのアンゴルモアの際、イレギュラーエンカウントもまたその姿を現した。子供のころから慣れ親しんだ数々の童話、昔話。その思い出を裏切るかのような痛ましく歪んだ姿で、地獄としか言いようのない惨劇と共に……。

フランスに現れた【マッチ売りの少女】は、街一つを幻覚の中で死に追いやり。

インドに現れた【浦島太郎】は、罪のない少年少女たち数千人を老人へと変え、大人たちは一人残らず老死。

日本においても【カエルの王子様】が現れ、その姿を見た者は胸の内部から鉄の帯を弾けさせられ、解剖された蛙のように無残な死を遂げた。

アンゴルモアに悲劇はつきものだが、イレギュラーエンカウントのもたらす恐怖と悲劇は量と質が違う。

醜く歪んだ童話の主人公たちの姿のインパクトとあいまって、イレギュラーエンカウントの名は消えぬ恐怖と共に全人類の胸に刻み付けられていた。

そして。

俺は今。

そんな化け物の、仕掛けた、檻の中に、いるのだ。

「……ッ！」

フッ、と意識が飛びかけて我に返った。

あ、……危ない。今、気絶しそうになった。だが、ここで気絶したら終わりだ。

……ッ！　そ、そうだ！

俺は慌てて冒険者ライセンスを取り出した。

冒険者ライセンスは、ただの身分証ではない。魔道具の一種であり、有事の際はライセンスからギルドに救助依頼が出せるようになっていた。当然それ相応の金額がかかるが、今は金を惜しんでいる場合ではない。

俺は救難信号を送ろうとして――。

「クソッ！　駄目だ！　届かない！」

地面へとライセンスを叩き付けた。

ちくしょう！　階段が消されているだけでなく、空間ごと隔離されているのか……！

ああ、糞、どうすりゃいいんだ。頭を掻きむしる。いざとなれば、ギルドに助けを求めることができる……そう思って迷宮に潜っていたのに……！

俺はようやく、イレギュラーエンカウントが恐れられている理由を理解した。

イレギュラーエンカウントだって、別に無敵のモンスターというわけではない。奴らの戦闘力は出現した迷宮に相応しいものに抑えられるし、過去に何度も討伐されている。懸賞金もかけられており、一度現れれば倒されるまではそこに居続けるからイレギュラーエンカウント目当ての賞金稼ぎもいるくらいだ。

確かに、Aランククラスのスキルは脅威だ。ランクが上がれば上がるほど、そのスキルは戦闘力以上に強力かつえげつないものになっていく。

しかし、それでも、Ｆランク迷宮に相応しい戦闘力に抑えられたイレギュラーエンカウントならば、倒すことまではできずとも、救助が来るまで逃げ延びることくらいはできるのではないか。そう、俺は今まで思っていた。

そのためのＤランクカード制限。これまでの犠牲者たちは、救助が間に合わなかった不運な者たちなのだ、と。

だが、違った。実際には、彼らは助けを呼ぶことすら許されなかったのだ。

この檻に捕らえられたが最後、生き残る術は自力での脱出以外に存在しない……。

視界が、絶望で狭く、暗くなっていく。

怖い……寂しい……。子供の頃、見知らぬ旅行先で迷子になった時の心細さ……それを何百倍にも増幅し、凝縮したような孤独感が俺を襲っていた。

あの時は、親父とお袋が俺を見つけてくれた。汗だくになって、街を走りまわって、一人泣き叫んでいた俺を迎えに来てくれた。

だが、今回は迎えには来てくれない。誰も、来てくれない。

ああ……そうか。俺は今、迷宮に、いるのか。化け物たちの巣窟に、一人で……。

これが、迷宮。これが、迷宮の怖さ、か……。

「おい、とりあえずグーラーじゃなくてクーシーを呼んどけ。今は索敵がいた方が心強い」

一人で勝手に追い詰められている俺を、座敷童が静かに諭した。

「あ、ああ、そうだな」

俺は震える手でクーシーのカードを取り出し、グーラーと交代で呼び出した。

現れたクーシーは、オドオドと周囲を見渡しながら言う。

「マ、マスター。こ、これは？」

「……イレギュラーエンカウントだ。その鼻ですぐ敵を捜してくれ」

「は、はい！」

俺の余裕のない言葉にクーシーはクンクンと鼻を鳴らし——ギョッと目を見開いた。

「そ、そこ！　そこにボクたち以外のにおいが！」

「なに!?」

座敷童がすぐさまそちらへと光弾を放つ。

「……鼠？」

そこにいたのは一匹の鼠だった。大きさはかなりデカい。プレーリードッグくらいのサイズだ。しかし、その顔つきは醜悪なドブネズミのそれで、可愛らしさの欠片もなかった。

「……これがイレギュラーエンカウント、じゃない、よな？」

「んなわけあるか。眷属に決まってんだろ。マズいぜ、この手のモンスターは無尽蔵に湧いてくる。いくら倒してもキリがないぞ」

座敷童が鼠を指さして言う。光弾に打ち抜かれて屍を晒すそれは、臓腑が腐っていたのではは？　と思うほどに耐え難い悪臭を放っていた。もしや、これが森に漂うにおいの原因なのか？　だとしたら一体どれだけの数が森中に……。

「う……、じゃ、じゃあとりあえず先に進むか。倒さないと帰れない、しな……」

「………………」

俺の震えながらの言葉に座敷童は茶々を入れることはなかった。


しばし、クーシーの先導のもと迷宮を進んでいく。

時折出る鼠は、座敷童が仕留めてくれた。今ばっかりは、彼女も見返りなく協力してくれている。それが心の底から、頼もしかった。

「ご、ご主人様……血の、においが」

「えっ？」

「ど、どこからだ？」

ドキリ、と心臓が跳ねる。

「あ、あちらです」

そう言ってクーシーが指さしたのは迷宮の壁にあたる森の木々。恐る恐る近寄っていくと……。

「……うっ」

口に手を当て、呻く。

そこにあったのは五体バラバラにされた子供の死体だった。十歳程度だろうか、金髪の白人の男の子だ。そばかすの浮いたその幼い顔は、恐怖と痛みで歪んでいた。

血の鉄のにおいと、内臓から漂う何とも言えないにおいが鼻をつく。

まず本物ではないだろうが、何とも趣味の悪いオブジェだった。

気の滅入る光景に俺が深いため息をついていると。

「……こりゃ本物の死体だな」

座敷童が顔を顰めて言った。

「……えっ？」

「間違いない。アタシにはわかる。しかも……なんてこった、この子……まだ魂がここに囚われてやがる」

「………………」

俺は座敷童の言葉をよく咀嚼し。

「い、いやそれは可笑しいぜ。法整備が進んでこんな子供は絶対に迷宮には入れない。万が一迷い込んだとしても、すぐわかるからニュースになるはずだ。それに、ここは日本だ。この子は外国人じゃんか。これは迷宮のイミテーションだよ。冒険者をビビらす演出だ」

そう捲くし立てる俺に、座敷童は沈鬱そうな顔で俯く。

「……アンゴルモアだ」

「え？」

「だからアンゴルモアだよ。お前らはアレをそう呼んでるんだろ？　これはその時の獲物なんだろう。持ち帰ってトロフィー代わりにしてんだ」

「アンゴルモアって……前のやつから何年経ったと思って」

そう言う俺に、座敷童は昇ったままの太陽を指さし。

「迷宮の中は時間が経たない」

そう短く告げた。

「う、ぁ……」

やべぇ、眼が……。世界がグルグルする。何にもわかんねぇ。俺、今どこにいるんだ？森？なんで森の中に。ああ、そうか、俺冒険者になったんだっけ。えっと、で、これはなんだっけ？

そうだ。死体だ。どっかの国の本物の人間。

眼が、合った。男の子が語り掛けてくる――シニタクナイヨ。

「……ぉ、ご、ぅげぇぇぇぇぇえええ！」

吐いた。

二度、三度。俺は胃をひっくり返すようにすべてのモンを吐き出した。

吐瀉物の異臭と死体のにおいが混じり合い、それが更なる吐き気を呼ぶ。俺は涙を流しながら何度も、何度も、内臓が蠕動《ぜんどう》し、胃そのものを外に出してしまいそうになるまで吐き続けた。

そんな俺の背中を、クーシーが心配そうにずっと擦り続けてくれた。

……しばらくして吐き気が落ち着くと、座敷童が水の入ったペットボトルを差し出してきた。

「飲みな。アタシのおごりさ」

「…………俺の、買ったやつだろうが」

掠れた声でそうツッコミながらペットボトルを受け取ると、座敷童の奴は不敵に笑った。

「お、もう元気になってきたのか。それでこそアタシのマスターだ」

相変わらず、生意気な奴め。……ん？　今コイツ俺のことをなんて……？

「さて、こっからどうする？　なんなら今回はアタシ一人で倒してきてやってもいいぜ？」

「あ？　……な、なんだよ、今日は。なんというか……」

予想だにしていなかった言葉と、いつもとはまるで違う協力的な座敷童の姿に混乱する俺。

そんな俺を気にした風もなく、少女は快活に笑った。

それは、いつもの意地の悪い笑みとは違い、年相応の爽やかな笑顔で――。

「ビビリなマスターの代わりに単身、強敵に立ち向かう！　これで報酬を弾まないわけがない、ってね！」

それで、否応なく気づかされた。

コイツ……ああ、クソ！　そう言うことかよ、なんてこった！

俺を、元気づけようとしてんのか。あの、糞生意気だっただけの座敷童が！　俺を……！

胸が熱くなって、視界が潤んできた俺は、慌てて下を向いた。

泣いてる顔なんて、見せられるかよ……！

目頭をもみほぐすふりをして涙を拭きとると、俺は震える脚で立ち上がった。

「……そんなことしたらいくら菓子を買わなくちゃいけねぇんだよ。この街にはそんなにお菓子を置いてねぇぜ」

「へぇ、だったらどうする？」

「俺も行く。そしたらいつも通りでいいからな」

「そいつは残念。大嫌いなマスターを破産させられる絶好のチャンスだったのによ」

「俺を破産させるのは無理だぜ。なんせ……」

「なんせ？」

面白げに俺の次の言葉を待つ彼女に、俺は自慢げに胸を張った。

「ウチには座敷童がいるんだからよ」

【Tips】イレギュラーエンカウント

全迷宮において常に一体しか存在しない特別なモンスター。本来の迷宮主を喰らい、それを知らずにやってきた冒険者を狩るという習性を持つ。戦闘力はその迷宮相応となるがスキルは弱体化しないこと、迷宮のランクを問わず完全ランダムに出現すること、一度最深部に足を踏み入れたらイレギュラーエンカウントを倒さなくては生きて帰れないことから、冒険者たちに恐れられている。

迷宮もカード同様、高ランクほど数が少なくなるためイレギュラーエンカウントは主に低ランクの迷宮に現れる傾向がある。その結果、イレギュラーエンカウントの被害に会うのも新人が多くなるため、新人殺しの異名も持つ。

なお、イレギュラーエンカウントのカード化に成功した例は報告されていない。

第十話　頼むから絵本から出てくんな

「そう言えば、お前好きな女とかいんのか？」

「なんだよ、突然」

「いいから言えよ。まさか男の方が好きとか言わねぇよな？」

森の中を進むうち、俺たちはどちらともなく雑談をし始めていた。

決して気を抜いているわけではない。

クーシーは常に鼻で敵を索敵し、座敷童も見つけた鼠を一匹残らず倒している。俺も装備をしっかりと身に着け、催涙スプレーを手に持っていた。

こうして無駄口を叩いているのは、強すぎる緊張感に心をやられないためだった。

「んなわけあるか。一応、いるよ。片思いだけどな」

「へぇ！　どんな奴なんだよ。可愛いのか？」

「ん、クラスの中でもかなり可愛い方だよ。全国レベルでも顔面偏差値６０以上はあるな。性格は大人しい感じで、グループの中でも静かに微笑んでる感じ。誰かの悪口とか言ってるところとか一度も見たことない娘だよ。そしてなにより……」

まただ……。俺は視界の隅に子供の死体を見つけ歯を食いしばった。

まだ小学校にも入っていないだろう金髪の幼い少女が、喉下からへその下まで切り裂かれて死んでいた。中は綺麗さっぱり抜き取られていて、周辺の木に杭で打ち付けられている。血と糞便がまじりあったにおいが、酷い……。

俺は無意識にその光景に自分を照らし合わせてしまい、慌てて目を逸らした。

大丈夫だ、俺はああはならない。ラッキーガールがついてるんだからな。

「なにより？」

「小柄でほっそりしてるのにめちゃくちゃ胸がデカイ。全学年で多分一番デカイ」

「……結局そこかよ。このスケベが。しかし聞いてる限りかなりの上玉じゃねぇか。お前に脈あんのか？」

座敷童が呆れ顔で、俺の足元に忍び寄っていた鼠を無造作に蹴り殺した。ドブ水を煮詰めたような悪臭が周囲に飛散する。

「そんなんあるわけねぇだろ。ぶっちゃけ数えるくらいしか話したことねぇんだぞ」

「ええ？　それなのに好きなのか？　それ、おっぱいだけを好きになってるんじゃ……」

「ああ、いや……そうだな。好きってのはちょっと違うかもな。憧れに近いかも。こんな娘と付き合えたら最高だろうなって感じ」

「ああ、なるほど。そう言う感じか」

全身の皮を剥がされた少年。お腹に自分の頭を詰め込まれた少女。自分の腕に食らいついた状態で死んでいるやせ細った少年。元の長さの三倍近くまで手足を引き延ばされた少女。

狂った死体の博覧会。

ああ、糞……！

「うるせぇな！　誰だよ、笑ってんのは!!」

さっきからキャハキャハキャハキャハ、耳元でうるせーんだよ！　糞糞糞クソクソクソくそくそ……！！！

「マ、マスター……？」

クーシーの戸惑いの声でハッと我に返った。

座敷童が静かな眼でこちらを見つめている。誰も笑ってなどいない。だが、確かに聞こえる。無数の子供たちの嗤い声が……。

幻聴か？　……いや、俺はまだ正常だ。ならばこれはこの迷宮のギミック。座敷童たちに聞こえてはないということはマスターだけに作用するトラップか。おそらく、捕らわれているらしい子供たちの魂を利用しているんだろう。

……よし、冷静に考察できてる。俺はまだクレバーで、クールだ。狂ってなんか、いない。

「あー、どこまで話したっけ。……そうそう、一応何にもしてないわけじゃないんだぜ？　こうして冒険者やってるのもその一環だしな。ここだけの話、クリスマスに一度勝負をかけたいと思ってんだ」

「へぇ、なるほど危険に身を置いて男を上げようってのか。お前もなかなかやるじゃねぇか。まあそれでクリスマス前に死んじまったら世話ねぇけどな」

「それ、この状況じゃ笑えねぇからな？　マジで」

「冗談だよ、アタシがついてるのに死ぬわけねぇだろ」

気が狂いそうになるこの空間で、座敷童との何気ないやり取りが俺の心の平穏を守ってくれていた。

死体から目を逸らし馬鹿話をすることで、教室で友達としゃべっているかのような錯覚を得る。

一種の現実逃避だと自分でもわかっていた。

映画や漫画の中じゃあ、キャラクターたちは危機的状況でもジョークを飛ばし合ってる。俺はそれを見て、実際こんな状況でこんな気が利いたことを言えんのかな？　と思っていた。演出のためとはいえ、リアリティーが無さ過ぎると。だが、今ならわかる。

冗談の一つも言っていないと気が狂いそうになるからだ。

監督や脚本家だって馬鹿じゃない。軍人や戦場ジャーナリストたちに死の危険が迫った時のインタビューくらいしてるだろう。

その時の人間の心理的な動きを研究して映画は作られてるに違いない。

……ああ、また思考が変に逸れてる。現実逃避が強まってきてるのか？　妙に冷静に分析してるのもそれの一種か？　こういうのをなんて言うんだっけ？　なんかの映画で見たぞ。ああ、思い出した。正常性バイアスだ。うん、確かそう。

「マ、マ、マスター！」

クーシーの泣きそうな声で我に返った。

「ど、どうした!?」

「ぬ、主の位置が近いです。もう数分もしないうちに着きます」

「そう、か……」

ズン、と胃が重くなるのがわかった。震えてた足からさらに力が抜けていく。硬いはずの地面がフワフワしてきた気がした。

「マ、マスター、すいません！」

突然、クーシーが自分の頭を地面に叩き付けた。這いつくばり、慈悲を乞う。

「ボ、ボクをもう戻してください。ボクじゃ、戦力になれない！」

「…………………」

「あ、足がこれ以上前に行かないんです！　た、戦わなきゃってわかってるのに……！　そう思ってるのに、敵を前にしたらきっと、ボクは戦えなくなるッ……！　それが、自分でもわかるんです！」

全身の毛を逆立て、尻尾を丸めて嗚咽を漏らす……そんなクーシーの背中を俺はそっと撫でた。コイツの身体からはお日様の香りがする。ホッとする匂いだった。

「マス、ター……？」

今ならコイツの気持ちが本当に理解できる気がした。

実のところ、戦えないコイツを見て俺は、なんて使えない奴だと思っていた。グーラーと座敷童がいるからなんとかなっているが、もしコイツ一枚だったらと思うとゾッとする……とすら。

座敷童には斥候として育て上げるといっていたが、お金が手に入ったら買い替えるだろうなと内心では考えていた。

だがこうして自分の命が掛かった状況になって、ようやくコイツの気持ちがわかった。

死ぬのは、怖い。そんなの人間もモンスターも一緒だ。

そんな当たり前のことを理解せず、俺はコイツらを戦わせ続けてたんだ。

「今まで怖いのを我慢してよく案内してくれたな。戻っていいぞ」

「ッッ！！！」

俺の言葉に、クーシーは胸を掻きむしり、頭を地面に擦りつけた。腹の底から、吠える。

「ボ、ボクは……自分が情けないッ!!　勇気が……欲しいッ！」

彼女の嘆きに、俺はもう一人の自分を見た。

俺がクーシーを臆病者と見下せていたのは、安全なバリアに守られて強いカードたちに代わりに戦わせていたからだ。

ＴＶ画面越しに、怪物に襲われ怯える登場人物を嘲笑う様に。

自分は安全を確保していながら、その身一つで恐怖に立ち向かう者を馬鹿にしていた。

だが、こうして初めて死の恐怖を目の前に突きつけられて、俺の化けの皮は剥がされてしまった。

そうしたら、そこにいたのは新米冒険者ではなく、怖すぎてゲロまで吐いた、ただのガキだった。

考えてみりゃあ、当然のことだ。ただ金を払って冒険者になるだけで強くなんてなれるわけがない。

ふと体育の時にナリキンに何も言い返せなかったことを思い出した。

ただのクラスメイトにすら、強気に出ることができない。それが、客観的に見た等身大の俺の姿だった。

なんてことはない。俺も、クーシーと同じように臆病のスキル持ちだったのだ。

勇気が欲しい。強い意思を持って脅威に立ち向かうことのできる勇気が。

——だからクーシー。一緒に少しずつ勇敢になっていこうぜ。

内心でそう告げて、俺は彼女をカードに戻した。

「お優しいこって」

クスクスと背後から座敷童の笑い声が聞こえてくる。

「カードに気を遣ってお優しいマスター気取りか？　どうせより強くて使いやすいカードが手に入ったら乗り換えるのに、時間と労力の無駄なんじゃねぇか？」

……前も同じ質問をされたな、とふと思い出す。つい先日のことだというのに、なんだか酷く遠いことのように思えた。

だがあの時とは、そこに込められた意思は真逆だ。彼女の声は寄り添うように優しく、そして俺の答えもまた違う。

俺は振り向くと言った。

「そんなことはない。俺はコイツをずっと使い続けるぜ。強化して、ランクアップさせて、ずっとずっとな」

もちろんお前もな、とは口には出さなかった。

口にする必要もなかった。


——敵に近づくにつれ、楽し気な笛の音色が聞こえるようになった。

もう主の正体は予想がついている。鼠の眷属、少年少女たちの死体、笛の音色……間違いない、敵の正体は【ハーメルンの笛吹き男】だ。

イレギュラーエンカウントの中では有名どころではない。アンゴルモアの際、それほどの被害を出さなかったからだろう。だがそれはイコール雑魚ということではない。むしろマイナーな分、情報に乏しいと警戒すべきだった。

ただそれでも敵が【ハーメルンの笛吹き男】ならば、そのスキルもおぼろげに予想がついてくる。しないよりマシな程度の対策だが、一応は備えもしてあった。

深呼吸を一つ。恐怖が振り切れたのか、思考がどんどん冷えていく。

「行くぞ」

短くカードたちに告げ、音の発生源へと突入した。

座敷童は既に姿を消している。いろいろ話し合った結果、彼女にはいつも通り自由に動いてもらい、俺はグーラーへの命令に専念することになっていた。

「……っ」

そこは森の川辺だった。勢いよく流れる川の淵で、極彩色の縦縞模様の服を着た男が、一心不乱に笛を吹いている。周辺には無数の肉塊が転がり、それを鼠たちが貪っていた。

そんな地獄絵図に一瞬だけ息を止めた俺だったが、すぐに気を取り直しグーラーへと指示を出した。

「放て、グーラー!」

「イエス、マスター」

グーラーが引き絞ったスリングショットを笛吹き男へと放つ。高速で放たれたその弾を俺が目で追うことはできなかったが、それでも弾が何かに防がれたということはわかった。失敗か。だが、確かに見たぞ。あの男の前に無数の音符で構成されたバリアのようなものが一瞬だけ現れたのを。

まずはアレを剥がす必要がある。

物理攻撃に対する防壁か？　あるいは一定以下のダメージの無効化？　あの音符だってただのデザインじゃないよな。音……、笛か？

「おやおや、これは気の早いお客さんだ!　でもおひねりは演奏が終わってからでないとネ!」

「!?」

ちょっとやそっとでは驚かない覚悟を決めていた俺だったが、正直度肝を抜かれた。

それは敵が喋り出したから、ではない。話すというならうちのカードたちだって喋る。モンスターが喋るのは普通のことだ。それは敵だって変わりない。

俺が驚いたのは単純に敵の容貌だ。目を閉じて笛を吹いていた時は気づかなかったが、奴の顔は化け物としか言いようのない醜悪なものだった。

眼は横ではなく縦に配置され、その中に十数個もの小さな眼球がひしめいている。口は一見普通だが、開くと唇と歯が二重になっているのが見えた。

臭いも酷い。最初は放置された死体たちのにおいかと思ったが――事実まき散らされた臓物からは糞尿と血のにおいが漂っている――この下水道の悪臭を数十倍に凝縮したようなにおいは奴の身体自体から漂っているようだった。

マスク付きのゴーグルをしてこれだ。外せば普通に思考することすらままならないかもしれない。

笛吹き男が大仰な身振りで腕を広げる。何かをする気だ！　そう思った俺はグーラーにスリングショットを放ち続けるよう指示を出したが、それは笛吹き男の前に現れた音符の壁に阻まれてしまった。

……笛を吹いている間だけ出てくるバリアじゃないってことか？

そんな俺たちを他所に、笛吹き男は滔々と語りだす。

「これよりお聞かせするのは、とある街を襲った悲劇！　あるところにとてもお腹の空いた男がいました。この餓えは普通に働いて得る報酬だけじゃあ満たせない。そう思った男はちょっとした悪巧みを思いつきます。それは手懐けた鼠に街を襲わせ、それを追い払うように見せかけて報酬を得ようというものでした。それではお聞きください。【蝗鼠《いなごねずみ》のカーニバル】」

言い終わるなり、優雅に笛に口をつける笛吹き男。

すると周辺一帯の鼠たちが一斉に牙を剥いた。同時に、森中から鼠たちの鳴き声が聞こえてくる。不快極まる多重奏。

ちょっとした津波のように迫る鼠たちに、グーラーが俺を肩車のように持ち上げ避難させた。俺は高所から、手に持っていた催涙スプレーを周囲に噴射する。

熊撃退用の刺激物を浴びた鼠たちは、耳をつんざくような悲鳴を上げてのたうち回った。良し、効いている！

だが鼠たちは次から次へと無尽蔵に森から湧いてくる。俺は必死になってスプレーを撒き続けた。

「現れた鼠たちは街中の食べ物を食い荒らし、病をまき散らします。街の人々は色んな罠を仕掛け、武器を持って鼠を追い回しますが鼠たちは全く減りません。人々が困り果てていると、男がふらりと現れ言いました。

『私はこの鼠たちを退治する方法を知っています。しかるべき報酬を頂けるならこの鼠たちを一匹残らず退治してしまいましょう』

報酬の中身を聞いた市長はとても悩みましたが、背に腹は代えられないと男を雇うことにしました。

『わかったやってみるがいい。ただし一匹でも残っていたら報酬は渡さない』

それではお聞きください。【レミングの行進曲】」

その曲と共に鼠たちの援軍はピタリと止まった。それだけではない。スプレーを浴びていない鼠たちまでもが水を引く様に森へと帰っていく。なんだ？　なぜ自ら兵を退く？　……もしかして、物語に沿った攻撃しかできないのか？

「男が笛を吹くと、街中の鼠たちが男の元へとやってきます。男がそのまま街の外に流れる川へと向かっていくと鼠たちは自ら川に飛び込んで死んでしまいました。それを見た街の人々が歓声を上げます。街に戻ると男は市長へと言いました。

『さあ約束は果たしたぞ、今度はそっちの番だ』

ところが市長はなかなか報酬を渡そうとはしません。鼠たちがいなくなり、安心した彼は報酬を渡すのが惜しくなったのです。

『報酬は、うちの娘たちは渡さない』

約束を破られた男は激怒し、街全体に響くほどの音で笛を吹きました。その楽し気な音色に釣られた街中の子供たちが家から出てきます。それではお聞きください。【サーカスへの誘い】」

それを聞いた俺は身を強張らせた。来る、来るぞ！　ハーメルンの笛吹き男で最も有名なシーンが！

笛吹き男が高らかに笛を吹く。戦闘中とは思えないほどに楽し気な曲調。それを聞いた俺たちに…………特に何も起こらなかった。

ここで初めて奴が怪訝そうな顔を見せる。それを見て、俺はニヤリと笑った。

……どうやら対策は上手くいったようだ。

敵がハーメルンの笛吹き男なのではないかと予想した時、俺が真っ先に警戒したのが音による攻撃だった。ハーメルンの笛吹き男は報酬を払わなかった街の子供たちを笛の音色で連れ去っている。ならば、笛による状態異常や攻撃手段を持っているのではないかと予想したのだ。

その対策として、俺はカードたちにあらかじめインカムを着けさせていた。遮音性のしっかりしたそれは、外部の音声を完全に遮断し、かつ俺のマイクからの指示は明瞭に通す。もし聞こえようが聞こえまいが影響を与えてくるようなら不味かったが、どうやら耳に入らない限りは無事のようだった。

ちなみに、俺に関してはカードのバリアが守ってくれるから問題ない。カードへのフィードバックも起こらない。マスターを守るバリアには、状態異常を無効化する機能がデフォルトで備わっていると言われていた。

カードたちの耳に嵌まったインカムに気づいた笛吹き男が激怒する。その不気味な歯を剥き怒鳴った。

「貴様ら！　なんだその耳栓はァァァ！　それが人の音楽を聴く態度か‼」

「知るか！」

俺はそう言い返し、おひねりがわりに催涙スプレーを投げつけてやった。

それは当然バリアに阻まれたが、狙い通り奴のすぐそばへと転がる。今だ。

「グーラー！　スプレーを狙撃だ！」

「イエス、マスター」

マイク越しに俺の命令を聞いたグーラーが、スリングショットでスプレーを打ち抜く。

その瞬間中に入ったガスが破裂し、薬剤が周辺にまき散らされた。その中心にいるのは、笛吹き男。

スプレーの中身は攻撃とみなされなかったのか色のついた空気がバリアに防がれることなく笛吹き男を取り囲むのがわかる。

どうだ？　……クソ、駄目だ！　まるで効いた様子がない。

どうやら奴は状態異常への強い耐性があるようだった。

「おのれ！　もはや許せん！　この私自らその首を刎ねてやる！」

激怒した笛吹き男が笛をクルリと一回転させると、笛は一瞬にして死神を連想させる大鎌へと姿を変えた。

近接戦闘へ切り替えるつもりか！

酷薄な笑みを浮かべて笛吹き男……いや死神が一歩踏み出したその時、どこからともなく光弾が死神を襲った。

「むッ!?」

「！！！！」

咄嗟に身を翻し回避した死神はさすがのもの。だが、俺たちはその行動を見逃さなかった。

躱した！　躱したぞ！　つまり、あのバリアは笛を持っている時しか現れない！

奴も自らの失敗に気づいたのか、顔を顰めた。

「おのれ、伏兵とは小賢しい！」

「流れが来てるぜ！　グーラー、フェーズ3だ！　攻め立てろ！」

命令を受けたグーラーが、死神に迫る。

大鎌を構え撃退の体勢を取る死神だったが、そこへ座敷童の光弾が次々と襲った。

「こ、こんな……く、力さえ、力さえ制限されていなければ！」

次々と居場所を変えながら攻撃しているのだろう、光弾は四方八方から放たれている。姿の見えない狙撃手に、死神は防戦一方となっていた。

そこへ、グーラーがスタンロッド片手に殴りかかる。上半身を逸らし躱す死神。その右足を光弾が穿った。膝をつく。そこへグーラーのスタンロッドが振り下ろされた。首を傾け頭部への直撃を避けた死神だったが、肩へとスタンロッドが叩き込まれる。バチン、と放電の光。一瞬、ほんの一瞬だけ身を硬直させる死神。

しかし電撃にも耐性を持つのかすぐさま大鎌を振り上げ――――だが、座敷童にはその一瞬で十分だった。

「……バカ、な」

光弾が死神の胸を穿つ。死神は信じられないと言った風に目を見開き、ぐらりと身体を傾け、そして消えた。

「…………………………………………………………………………………………」

沈黙。俺の心臓の音だけがやけにやかましく響いている。

しばし様子を見て何も起こらないのを確認し、ようやく理解した。

「……倒し、た？」

それは独り言に近いものだったが、返事はすぐに返ってきた。

「ああ、アタシたちの勝ちだ」

いつの間にか傍らに来ていた座敷童を見る。グーラーも、俺の方にゆっくりと歩いて来ていた。

スッ、とのたうち回っていた鼠たちが姿を消していく。主の消滅により眷属たちもまたその命を失ったのだ、と遅れて理解した。

それでやっと実感が湧いてきた。

勝った。俺は、生き残ったんだ。

「……はぁぁぁぁぁ」

どさり、と力なく地面に座り込んだ。

まず俺の胸に湧き上がってきたのは、喜びではなく安堵だった。死なずに済んだ、その安心感だけがあった。俺のカードたちを失わなかったことを安堵した。

やがて、達成感が湧いてきた。必死こいて勉強して、テストで百点を取った時の何倍もの達成感。

自信も生まれた。あのイレギュラーエンカウントを、初のボス戦で倒したのだ。

しかも何の事前情報もなく。俺って結構才能あるかも、と自画自賛したい気分だった。

俺のカードたちはこんなにすごいんだぜ、と誰かに自慢したくなった。

最後に、それらすべてを吹き飛ばすくらいの感謝の気持ちが湧いてきた。

もし俺のカードがコイツらじゃなかったら、まず間違いなく死んでいた。

特に座敷童。こいつは道中も戦闘中も本当に俺を助けてくれた。この小さな少女が元気づけてくれなきゃ主と戦う前に俺の心は折れていた。戦闘中だって、ここぞという場面で光弾を撃ち、バリアの謎を解いてくれた。トドメだってコイツだ。

今の戦いを見て、誰がコイツをハズレカードだなんて思う？　相場の半額以下？　馬鹿言え、相場の十倍、百倍だってみんな欲しがるぜ。

本当に、ありがとう。そうとしか言いようがない。

そんな思いを乗せて座敷童を見て——凍り付いた。

死神が、彼女の背後で、鎌を振り上げていた。耳元まで裂けた口で残忍に嗤う。

「——サプラ〜イズ。エンターテインメントは意外性がなくちゃネ！」

やめ——。

そんな言葉が口を出る前に、鎌が、振り下ろされた。

【Tips】ハーメルンの笛吹き男

遥か昔、大繁殖した鼠に困らされていたハーメルンという街があった。そこへ、色鮮やかな服を身に纏った笛吹き男が現れ、街の人々へとこう言った。報酬さえ払えば、鼠を退治しよう。街の人々がそれに頷くと、笛吹き男は不思議な笛の音色で鼠たちを川へと飛び込ませ、一網打尽にしてしまった。約束を守った笛吹き男に対し、しかし街の人々は報酬を約束したにもかかわらず、鼠退治が終わるとそれを踏み倒そうとした。激怒した笛吹き男は、今度は街中の子供を連れ去ってしまい、子供たちは二度と帰ってこなかったという……。

一見すると、約束を破った大人たちへと罰が下ったというお話だ。しかし、この話にはいくつかの疑問が残る。

それは、なぜ鼠が街に大繁殖したのか、なぜ男は鼠を笛で操ることができたのか、そして……なぜ男は子供たちを連れ去ったのか、ということだ。

鼠の大繁殖はともかく、それを男が操れるのは不自然である。また、なぜ男は約束を破った大人たちではなく、罪のない子供たちを連れ去ったのか。

大人たちが約束を破ったのは、男から不自然さを感じ取ったのと……そもそも報酬が払えるものではなかったからなのかもしれない。

真相は誰にもわからない。一つだけ確かなのは……ハーメルンの笛吹き男という童話が、実話を元にしているということである。

第十一話　金で買えない価値がある

その時、すべてがスローとなった。

振り下ろされる鎌。背後の敵に気づいた座敷童が身を捻りながら躱そうとするが、あまりに手遅れ。どう足掻こうともその鎌は少女の華奢な身体を引き裂くだろう。

座敷童のような後衛型のカードは、総じて生命力と防御力が低い。ランクの差があるとはいえ、大ダメージは確実。あの大鎌にもどんな特殊効果があることか。下手すれば、一撃でロストすることもあり得るだろう。

ロスト――座敷童を失うと考えた時、全身に鳥肌が立つのを感じた。

待て、待ってくれ、それだけは。

目が合う。座敷童は、悔しそうな、それでいて泣きそうな顔をしていた。

なんだよ、それ。そんな顔……。

そこでスローになった世界が終わった。

そこからのことは、本当に一瞬のことで、俺は最初何が起こったのかわからなかった。

「ッ!?」

何かが座敷童を突き飛ばした。ソイツは、肩から袈裟切りにされて真っ二つになって崩れ落ちる。

何だ？　何が起こった？　自問し、すぐ自答した。馬鹿が、決まってるだろうが。そんなことができるのは一人しかいない。

グーラーだ。隣に立っていた彼女が、座敷童を庇ったんだ。

その意味を理解した時、俺と座敷童は同時に咆哮した。

「「嗚呼ああああアアアアアアぁぁ！！！」」

見えないラインが繋がる感覚。座敷童の怒りが俺に流れ込み、俺の怒りが彼女に流れ込む。

二人分の激情を乗せた座敷童が怒涛の弾幕を放った。死神がフッと姿を消し、弾幕が空を切る。

瞬間移動。この隠していたスキルで死んだように見せかけたのだ。現れないドロップアイテムと、死神が消えてから時間差で消えた鼠たちで、それに気づくべきだった……！

同時に、奴が生きている絡繰りも連鎖的に理解する。今も奴の胸元には大穴が開いている。致命傷。にもかかわらず何事もないかのように動いていたのは、実に簡単な理由から。

奴は、頭を潰さなければ死なないのだ。それがアンデット系の特徴。この異様なまでの悪臭で、気づくべきだった。

すべては俺の経験不足のせい。

だが、今はそんなことどうでもいい。

「グーラー!!」

俺は上半身だけとなってしまったグーラーを抱き上げた。彼女は虚ろな瞳で俺を見上げている。

まるで感情のない瞳。だが実際にはそう見えるだけで感情はちゃんとある。

それを俺たちは今、確かに目にした。

——なぜなら、俺は仲間を庇えなんて命令をしていなかったのだから。

コイツは、自分の意思で座敷童を庇ったのだ。

絶対に助けてやらなくては。大丈夫だ、コイツはアンデッドだ。頭を潰されない限り死なない。そして屍喰いによる再生能力もある。

俺は周囲を見渡し、鼠の死体がいくつも転がっているのを確認した。よし、良かった。どうやら奴が消せたのは生きている鼠だけだったようだ。

俺は死体を運ぶと、グーラーの傷口を合わせ、鼠を与えた。

グーラーは、俺が何も言わずともそれを喰らう。

やはり、自分の考えで動ける範囲が広がっている。

転がっていたすべての鼠を与えると、どうにか体の芯の方は繋がったようだった。

その途端立ち上がろうとするグーラーを押しとどめる。

「待て、まだ動ける身体じゃあない！」

その俺の命令に、グーラーが動きを止める。そして、訴えかけるような眼で俺を見上げた
……ような気がした。

グーラー……。だが今は戦わせるわけにはいかない。

そうこうしているうちに、死神がさらなる行動に移る。

「男は街中から子供たちをかき集めると、そのまま森へ連れ去ってしまいました。大人たちは子供たちを連れ戻そうとしますが、どこからともなく現れた鼠たちがそれを邪魔します。彼らはそこでようやく一連の流れを仕組んだのが誰かを知りました。無事、大好物の子供たちを手に入れた男は、豪勢に楽しむことにしました。

『今夜はご馳走だ！』

森には子供たちの奏でる悲鳴が演奏となって響き渡ります。それではお聞きください。【仔羊たちの晩餐会】」

その宣告と共に死神の胸の大穴から無数の音符が飛び出す。音符たちは出鱈目に宙を彷徨っていたが、そのうちの一つが座敷童目掛けて飛来すると、大きく歯を剥いた。

「なっ！」

座敷童が飛び退きながら襲いかかってきた音符を打ち落とす。すると音符は……いや、音符のように見える子供たちの魂が、苦悶の表情を浮かべて悲鳴を上げた。

「良い音楽とは生きた音のことです。どうです、私の旋律は。実に活きが良いでしょう？」

「くたばれ、下衆が！」

座敷童は憤怒の形相を浮かべ光弾を放つも、そのすべてが音符の魂に防がれてしまう。

逆に、音符たちが弾幕となって襲い掛かってきたことで防戦一方となってしまった。

それを見たグーラーが、ググッと身体を動かそうとする。

「グーラー！」

「マスター、ご命令を」

「！」

グーラーが命令を求めてくるのはこれが初めてだった。間違いない、自我が……ここにきて急速に成長してきている。

それは俺に喜びと、躊躇を与えた。

彼女が自分の意思で仲間を救おうとしている。それは嬉しい。だが、だからこそ、ここでコイツを失ってはならないという躊躇いを生んだ。

俺は、どうすれば……。

視線を落としたその時、俺は胸元が微かに光っているのに気付いた。

これは……。

ホタルの光のような淡い点滅をするクーシーのカードは、何かを俺に訴えかけているかのようだった。

クーシー、そうか……。

「グーラー、戻れ。よく頑張ったな。あとは、俺とコイツに任せとけ」

「マスター」

ぼんやりと俺を見上げるグーラーの頭を撫で、彼女をカードに戻す。

さあ、行くぞ。

「クーシー！」

それは、自分を奮い立たせるかのような咆哮と共に現れた。

「グオオオオォォォン！！」

大気を震わす轟音。獰猛に歯を剥きだし唸るその姿は、いままでの気弱な子犬の姿ではなかった。

それを証明するように、カードのスキルも変貌している。

【種族】クーシー
【戦闘力】１５０
【先天技能】
・妖精の番犬
・集団行動
【後天技能】
・従順↓忠誠（ＣＨＡＮＧＥ！）
・臆病↓小さな勇者（ＣＨＡＮＧＥ！）
・本能の覚醒（ＮＥＷ！）

弱虫だった子犬は、群れの危機に初めて勇気を灯し、ここに勇者に至った。

あまりにちっぽけな勇者。だが、その姿はまさしく俺にとっての希望だった。

敵の姿を捉えたクーシーが、弾丸のごとく死神へと駆ける。

「ヒヒ……」

死神は向かってくるクーシーに気が付くと、大鎌を構え迎え撃つ。それに対しクーシーは地面スレスレまで身を屈め、跳ねた。

奴の顔色が変わる。躱そうと身を捻った死神だったが、あまりに遅い。クーシーの鋭い鍵爪が、二の腕の肉をごっそりと抉る。着地したクーシーが更なる追撃を掛けようとしたとき、音符の魂がクーシーを襲った。振り払おうとしたクーシーだったが、爪は音符を素通りし、音符が腕に纏わりつく。クソ、あの音符……ただの技じゃあなく、死霊系のモンスター扱いなのか！

さらなる音符たちがクーシーを襲わんと殺到した時。

「調子に乗んなよ！」

座敷童の光弾が音符たちを消し飛ばした。さらには彼女が軽くクーシーの腕を掃うだけで、纏わりついた音符も消えていく。

「音符はアタシに任せな。ちょっと癪だが、あの糞野郎をぶん殴るのはお前に譲ってやるよ」

「グルルルル……」

クーシーはコクリと頷き、死神へと飛びかかった。

迎え撃つ死神だったが、身体能力は完全にクーシーが上回っている。ここにきて、本来のランク差によるステータスの違いが活きてきた。銀色の旋風が、少しずつ、少しずつ、敵の肉体を削り取っていく。

飛来する音符たちは座敷童が撃ち落とし、もはや勝負の天秤はこちらに完全に傾いていた。

俺が脳裏に勝利を描いたその時、死神が再び語り出した。

「子供たちを失った大人たちの怒りは、報酬を支払わなかった市長へと向きました。

『アンタが報酬をちゃんと支払えば！』」

この流れは、ヤバイ……！

「ソイツを止めろぉぉぉ！」

俺の叫びにクーシーたちの攻勢は一層強まるが、死神の口は止まらない。

「市長は言います。

『あの鼠を操る姿を見ただろう、最初から仕組まれていたんだ！』

ですがもはや人々は言葉では止まりません。哀れ、市長は街の住民にバラバラにされてしまいました。後には眼と足が不自由な市長の二人の子供が残されたのでした。それではお聞きください。【ハーメルンの笛吹き男】」

その宣告と共に音符たちが凄まじい悲鳴を奏で出す。

カードのバリアに守られた俺ですら、耳を塞いで蹲るほどの音量。その影響を真っ先に受けたのは、インカムをつけていないクーシーだった。耳から血を流した彼女が、ぐらりと身体を傾ける。次に、インカムをつけているはずの座敷童までも地面に倒れ伏した。

なぜ？　その俺の疑問はすぐに解決した。倒れた座敷童の足と眼に、黒い靄《もや》が纏わりついている。眼と足……そうか！　童話では目の見えない子供と、足の不自由な子供だけが街に取り残された。これはその逸話を模した状態異常か！

一瞬にして形勢逆転されてしまった。

死神が、満面の笑みを浮かべて俺を見る。それに思わず後ずさりしたその時、奴の姿が掻き消えた。

一体どこに!?

その答えはすぐ背後から聞こえてきた。

「これにて演奏会はお仕舞い。楽しんでいただけましたかな？　お代はあなたの命で頂戴します」

振り返った俺が見たのは、大鎌を振り上げた死神の姿。思考が急激に加速する。

マスターへの攻撃はカードが肩代わりする。それはつまり俺に攻撃をすれば効率よくカード全体にダメージを与えられるということであり、そして俺自身は何の防御力も持たない脆弱な人間でしかない。

一撃だけなら、なんとかカードたちも耐えられるかもしれない。だが、続けて攻撃されればその結果は明白。その先に待つのは……。

俺はなんとか身を捻り躱そうとするが、加速した感覚に比べ俺の動きはあまりに鈍かった。

スローになった世界を、死神だけが普通に動いている。

ま、間に合わな――。

その時ガクンと何かを踏み外したような感覚と共に俺の動きが一気に加速した。

鼠の体液で足を滑らせたのだと判明したのは、戦いの後。座敷童のスキル【禍福は糾える縄の如し】による幸運の賜物だった。

俺の頭スレスレで大鎌が通り過ぎていく。無様に尻餅をついた俺の頭上を、淡緑の弾丸が奔った。大鎌ごと奴の両腕が宙を飛び、クーシーが軽やかに着地する。

(クーシー！　助かった！　だが、なぜ動けた!?)

思考が支離滅裂に交差する。

答えは、死神が答えてくれた。

「【勇者】スキルか！」

そう言う死神は、純粋に驚いているように見えた。小さな勇者、あのスキルが状態異常をレジストしたのか。あるいは、座敷童の幸運付与も手伝ったのかもしれない。

とにかく、最後の最後で、幸運の女神が俺に微笑んだのは確かなようだった。

死神が笑う。

「キヒヒ、しょうがない。今回は、お代は結構。また次回お会いした時、いただきましょう」

「……何度会っても踏み倒してやる」

「なんてお客だ！」

それが、ハーメルンの笛吹き男の最後のセリフだった。わざとらしい驚きを浮かべていた奴の頭がひとりでに吹っ飛び、一拍遅れて俺の上に身体が覆いかぶさってくる。腐った血液が顔に吹きかかってきた。

……クソッタレ、なんて置き土産だ。

吐き気を必死で我慢していると、奴の身体と血が少しずつ薄れていく。あとには、血のように紅い小石と長い縦笛が残された。

それが、今度こそ戦闘が終わったのだという実感を、俺に与えてくれた。

とにもかくにも……。

「つ、疲れたぁぁ～……」

戦利品を抱えたまま地面の上に大の字になって寝っ転がる。

「マ、マスター！　大丈夫ですか？」

すぐにクーシーが駆け寄ってくる。犬の顔でもわかる気弱そうな顔。俺の知るいつもの彼女だ。どうやらカッコイイモードはもう終わってしまったらしい。

耳には血がついているが、座敷童に癒してもらったのか耳が聞こえない様子はない。

「だらしねーな。お前は戦ってねーだろうが。むしろ八面六臂の活躍をしたアタシを労われや」

さっそく軽快に嫌味を飛ばしてくる座敷童。こっちも優しいモードは終わってしまったらしい。その眼と足になんの異常もないことだけ確認し、俺は一安心した。

よっこらせ、と身体を起こす。

「わかってるよ、ちゃんとご褒美は考えてあるって」

「お？　なんだ？　もしかして、お菓子の家とか？」

「座敷童さん、カードがマスターに報酬をねだるなんて」

そう窘めるクーシーだが、その揺れる尻尾は期待を隠せない。

「まあそういう物理的な報酬はコイツを換金してからにするとして、今はすぐに渡せるもんだけだな」

「ここで渡せるもん？　なんかショボそうだな」

「まぁそうだな。なんせただの名前だしな」

苦笑しながらそう言う俺だったが、カードたちの反応は劇的だった。

クーシーがピンと尻尾を立て、座敷童が真剣な顔つきで俺に問いかける。

「お前……それがどういう意味かわかって言ってんのか？」

「もちろん」

名付けをしたカードは蘇生の権利と引き換えに、初期化ができなくなる——つまり、二度と売ることができなくなる。

それは、座敷童たちが資産的に価値を失うことを意味していた。

初めてカードを買った時、俺は重野さんにくれぐれも考えなしに名前をつけないよう注意されたものだ。

思えば、あれは座敷童たちを売って新しいカードを買うように暗に勧められていたのだろう。

なぜならば、座敷童たちは本来使用に耐えない、蘇生用のカードだったからだ。

蘇生用のカードに必要な条件は、性別と種族が一致していることのみ。そのカードがどんなに反抗的であれ、戦闘に向かないスキルを持っていようが、関係ない。

それが、人間に酷使され、心を閉ざしてしまったカードたちの末路。

それ故に、座敷童たちのような極めて使い辛いカードであっても、一定の需要がある。

重野さんは、俺が座敷童を売って、もっと使いやすく強いDランクカードを買うと思っていたのだろう。だから、座敷童の買い取り値段を俺に告げてきたのだ。

しかし、俺はそのまま座敷童たちを使い続けた。

もし俺がコイツらを売り払って扱いやすいカードに切り替えていたらどうなっていただろうか。おそらく、ここまで真正面にカードたちと向き合わなかっただろう。

使いやすいが故に、便利な道具として見ていたんじゃないだろうか。

そしてそのままイレギュラーエンカウントと遭遇し、死んでいたに違いない。

俺の初めてのカードたちがコイツらで良かった。

本当にそう思う。

だから決めたのだ……コイツらを一生手放さないと。

「まずは座敷童、お前の名前は蓮華《れんか》だ」

「蓮華……」

一見すると黒髪黒目のコイツだが、よく見てみるとうっすらと朱が混じっているのがわかる。

それがなぜか俺に蓮華の花を連想させたので、蓮華と名付けた。読み方を変えたのは、そちらの方が少しだけ可愛いからだ。

「次にクーシー、お前はユウキだ。カタカナでな」

「ユウキ……！」

クーシーの名前をカタカナでユウキにしたのは、色々な意味を持たせたかったからだ。こいつは今回勇気をもって俺の希望となってくれた。その勇気と希望を合わせた勇希でもいいし、優しいということで優希でもいい。いろんな意味を込めてこいつをユウキと名付けた。少し安直だが、コイツにはストレートな方がいいだろう。

ここにはいないがグーラーの名前もちゃんと考えてある。イライザだ。コイツの名前についてはかなり悩んだ。最初はグーラーということで吸血鬼関連から名づけようかと思っていた。だが、今回座敷童……蓮華を庇ったコイツの行動を見て止めることにした。

そこで思いついたのが、人形が人間になった逸話のピグマリオンだ。自ら作った人形に恋した男が、恋焦がれるあまり衰弱しそうになるのを哀れに思ったアフロディーテという女神が人形を人間に変えてあげるギリシャ神話。原典ではその人形の名前は出てこないので、それを元にした映画のヒロインの名前からとることにした。

あとでちゃんと命名してやろうと思う。

「ご主人様！　ありがとうございます、ボク、ボク、これからはちゃんと頑張りますから！」

目を潤ませたユウキが尻尾を千切れんばかりに振って礼を言う。

「あーあ、これで死んでもこのヘボマスターの面倒を見なきゃいけなくなっちまったか。まったくとんだ貧乏くじだ」

この蓮華の言葉をちゃんと訳せない奴は、ツンデレ検定初級からやり直した方がいいだろう。見ろ、ユウキの奴すら察して苦笑してるじゃねぇか。

俺とユウキが視線を交わしていると、それに気づいた蓮華が眦《まなじり》を吊り上げた。

「お前ら！　何が可笑しいんだ、ああん？」

「ちょ、ちょっとやめてくださいよ！　イタッ！　ちょ、なにやって！」

ユウキの背中に飛びつき毛をむしり始める蓮華。そんな二人に苦笑しながら、俺は広場の奥へと目を向けた。

そこには、豪華な装飾の施された宝箱と、帰還のためのゲートが宙に浮かんでいた。

通称ガッカリ箱と呼ばれる迷宮踏破の報酬だ。

未だじゃれ合う二人を他所に、ガッカリ箱へと歩いていく。

奴が腰かけていた子供の死体はいつの間にか無くなり、今では土でできた小山に代わっている。森の雰囲気も、上層階に徐々に近づいてきているようだった。

初の迷宮踏破の報酬に、否応なしに俺の心が高鳴っていく。

ゆっくりと箱に手を伸ばしたその時。

「あ！　お前なに勝手に開けようとしてんだよ！」

背中に蓮華が飛びついてきた。思いのほか柔らかな感覚と、熱い体温、それと花の良い香りに心臓が跳ねた。

「抜け駆けはズリーぞ！」

「あ、ああ。悪かったよ」

「わかりゃあいいんだよ。ホラ、祝福してやる。良いのが出るぜ？」

ポッ、と俺の身体が一瞬だけ淡い光を纏う。どうやらスキルを使ってくれたらしい。コイツ……本当に協力的になったよな。

出会った頃とのギャップにほっこりしつつ、皆で箱を開ける。

そこには――。

「……なんじゃこりゃ？」

「魔石と、……ポーションですかね？」

白い小石と、試験管サイズの瓶が入っていた。

小石の方は、踏破報酬の魔石だろう。白い魔石は、通常の魔石に比べて中に秘めるエネルギー量が多いらしく、階層の深さに応じてギルドが買い取ってくれる。ここなら大体六万円ってところか。瓶の方は、鑑定してみないことには正確なところはわからないが、おそらくはもっともポピュラーな報酬……ポーションだろう。

患部に振りかければ傷を一瞬で癒し、飲めば胃や内臓を整えてくれ、風呂に一瓶入れればお肌も艶々、口に含んでおけば虫歯だって治る。そんな夢の薬と持て囃されたポーションも、供給の増加に伴いどんどん市場価格を落としている。

これだと、一回使いきりで……一万円ってところか。回復魔法があるうちのパーティーではあまり使い道がないアイテム。売るか……いや、売るよりも母さんや妹にあげた方が喜ばれるかもしれない。

そんな命懸けの報酬としてはあまりにお粗末な報酬に、これがガッカリ箱と呼ばれている理由がなんとなくわかった。

「こんな豪華な箱にしょぼいもん入れてんじゃねーぞ！　金銀財宝でも詰めてろ！」

ゲシゲシとガッカリ箱を足蹴りにする蓮華に苦笑しながら、俺は不思議と納得していた。

まあこんなもんだよな、Ｆランクの迷宮報酬なんて。

実にしょぼいこの報酬が、逆に俺に安心感を与えてくれる。

考えてみりゃあ、ここまで俺はツキまくってた。たった百万円でコイツらを当てるなんて、どう考えても人生の運を使い果たしてる。もしかして、今回ハーメルンの笛吹き男なんてイレギュラーな強敵とぶち当たっちまったのは、その揺り戻しなんじゃないか？

そう考えると、この報酬も悪くないと思えた。

うん、どこにでもありそうな小石と、ポーションなんて俺らしいぜ。

でもそう思えるのは……。

楽し気にはしゃぐ二人を見る。

——もう金で買えないモンを手に入れたからなのかもな。

【Tips】カードの名付け

カードには固有の名前をつけることができる。名付けされたカードは初期化することができなくなるため、売却が不可能となる。一方で、ロストしてもそのカードの魂を宿したソウルカードが残され、同種族・同性の未使用カードを消費することで復活させることができるようになる。

基本的には、貴重な後天スキルを持つカードの完全ロストを防ぐための機能とされるが、中にはカードにカード以上の愛着を持ってしまい、カードの名付けをする者もいる。

名付けはカードの資産価値をゼロにする行為であるため、冒険者の間では、前者はともかく後者の理由で名付けをする者に対して「三流」のレッテル張りをする風潮がある。

……しかし、それはあくまで一部のプロ冒険者が作り出した風潮であり、人間側の勝手な都合によるものである。

親愛を込めて名付けしたカードは、ステータス以上の力を持ってマスターに応えてくれることだろう。

第十二話　少しだけ充実しているかもしれない俺のリアル

イレギュラーエンカウントとの死闘から二日が経った。

まずはあの戦いでの戦利品について軽く語ろう。

ハーメルンの笛吹き男は、最後に赤い魔石と縦笛という二つのドロップアイテムを残していった。

赤い魔石は、イレギュラーエンカウントだけが落とす特別なものらしく懸賞金込みで百万円もの大金で売れた。これでもイレギュラーエンカウントの魔石としては最安値で、ランクが一個上がるごとに買取金額が十倍に跳ね上がっていくというのだから、金銭感覚が狂いそうだ。

まあこれについてはイレギュラーエンカウントを倒せば絶対に手に入るものなので、今は置いておく。問題は、もう一つの戦利品の方だった。

イレギュラーエンカウントは、極まれに自分に由来した魔道具を残していく。

シンデレラのガラスの靴、浦島太郎の玉手箱、ヘンゼルとグレーテルのお菓子の家……。

それは自らを倒した者を認めた証とも言われており、その効力は控えめに言って、破格。

この縦笛……【ハーメルンの笛】も、ギルドで鑑定してもらったところ、イレギュラーエンカウントの名に恥じぬ性能を秘めていた。

その能力は、空間転移。ダンジョン内に限るが一度行った階層への転移を可能にするというものであった。

空間転移の魔道具は大半が一度きりの使い捨て、その上深い階層でなければドロップしないとあって、プロの冒険者たちに非常に高値で取引されている。

その空間転移がいくらでも使い放題な魔道具など国内でも数例しか発見されていない。

それこそ、殺してでも奪い取る、となってもなんらおかしくない代物だった。

ただし、これがイレギュラーエンカウントからのドロップでなければ、だが。

イレギュラーエンカウントからのドロップは、それを倒したものでしか使うことができない。

この事実が、俺の首を皮一枚でつないでくれた。

もしこれが誰にでも使える代物だったら、俺は即手放していただろう。

今はまだFランク迷宮しか攻略していないため実感が薄いが、これからも冒険者を続けていくならその恩恵を思い知ることになるに違いない。なぜなら、高ランク迷宮は数十階という階層で構築されているのだから。

なお、ハーメルンの笛を見せびらかして要らん恨みを買いたくなかった俺は、この笛をカード化してもらうことにした。

ギルドでは、物品のカード化というサービスを行っており、有料ではあるが個人では持ち運びできないような大量の物資も一枚のカードに収めてくれる。

一度カード化した物は何度でも出し入れすることができ、また持ち主以外が取り出すこともできない。

これを利用して迷宮の遠征物資の運搬にも活用される他、貴重品の保管にも用いられていた。

俺はこのカード化を利用してどうしても目立つハーメルンの笛を隠そうと考えたのだ。

誤算だったのは、その費用できっかり百万円掛かってしまったこと。

ハーメルンの笛吹き男の魔石が百万円で売れ、その笛のカード化がこれまた百万円。……何者かの意思を感じたのは俺の気のせいだろうか。

また、イレギュラーエンカウントを討伐したことで、俺の冒険者ライセンスには実績がつくことになった。

一度でもイレギュラーエンカウントの討伐に成功したものには、ギルドからイレギュラーエンカウント発生と思わしき迷宮の調査及び討伐の依頼が来るようになる。

討伐依頼では、実際にイレギュラーエンカウントが発生しておらずとも、その迷宮の難易度に応じた報酬が結構な額で貰える上に、倒した際の賞金に関しても若干割り増しになる。

好き好んであんな化け物とまた戦いたいとは思わないが、ライセンスの裏側に記された討伐実績に関しては、一種の勲章のようで少しだけ誇らしかった。

こうして俺は、登録からわずか一週間でイレギュラーエンカウントの討伐という新人冒険者として割と華々しいスタートを切ったのだった。

一方、学校での俺自身は、というと……。

朝。教室の扉を開けると、一瞬だけ視線が集まったのを感じた。しかしそれも本当に一瞬のことで、すぐに視線は散っていく。

「おはよう」

挨拶に対する返事も特になく、目が合った四、五人だけが挨拶を返してくれる。

そんな、いつも通りの光景に思わず苦笑した。

冒険者になって死ぬような思いをしたというのに、結局はコレか。

だが、不思議と落胆はあまりない。

それは、所詮こんなものだという諦観の思いからなのか、あるいはまだまだチャンスはあるからなのか……自分でもよくわからなかった。

自分の席へと向かっていると、南山たちがバカ騒ぎしている声が耳に入ってきた。

リア充集団が陣取っているクラスの中心部の席には、南山と小野、それを取り巻く一軍半たちの姿がある。

四之宮さんと牛倉さんは……まだ登校していないようだ。高橋は、野球部の朝練に出ているのだろう。強豪校の一年エースとしてプレッシャーに耐え、相応の努力をしている高橋には、素直に頭が下がる思いだ。

以前は、高橋のような活躍をしている人間を見ても「才能があって羨ましいな」としか思わなかったのだが、最近はその見方が少しずつ変わってきたように思う。

そして南山たちはというと、どうやら昨日潜ってきた迷宮の話をしているようだった。

「え～、小野もう迷宮を二個も踏破したのか？　はや～！」

「まだ冒険者になって二週間も経ってないんでしょ？　すご～い！」

「いやいや、僕なんて大して活躍してへんねん。ほとんど南山くんの手伝いみたいなもんや。

なあ？」

「ハハハ、そんなことねぇって。小野のおかげですげぇ迷宮が楽になったよ」

昨日も迷宮へと潜り、二つ目の迷宮を踏破したという小野と南山に対し感嘆の声を上げる取り巻きたち。

それに謙遜して南山を持ち上げる小野と、そんな小野を褒める南山。

一見するといつも通り和気藹々とした雰囲気の彼らだが、この日は俺の目には少し違って見えた。

取り巻きたちの歓声は、どこか軽く、寒々しい。まるでＳＮＳで機械的に「いいね！」を押す時のように義務的なモノを感じる。

小野を褒める南山の言葉も、一見彼を誉めるようで実は微かに見下している。それに対する小野も、どこか笑みが硬いように見えた。

空虚な誉め言葉だけが飛び交う、歯車のズレた空間。

冒険者になる前は、あんなにキラキラして見えていたのに、今日の俺の目にはどこか色あせて見えた。

それを不思議に思いつつ、自分の席へと向かうと、何やら東西コンビが雑誌を見ながら口論をしていた。

「……おはよう。朝から何騒いでるんだ？」

「おお、マロ！　おはよう。これだよ、これ」

そう言って東田が見せてきたのは、雑誌の特集であった。ページの見出しには、デカデカと「人気女の子モンスタートップ100！」と書かれている。

上位には、サキュバスやエルフといった見目麗しい女の子モンスターたちの名が連なり、彼女たちが肌も露わな格好で写っている写真が載せられていた。

……朝からなんつー雑誌を見てやがるんだ、コイツらは。周りの女子たちから引いた目で見られるわけだよ。

「で、一体何を揉めてるわけ？」

「いやぁ、俺が『やっぱエルフで清楚なお姉さんが一番だよな〜。二位なんて納得いかない』って言ったらさ、西田の奴が『ロリサキュバス一択に決まってんだろ常考。現にランキング一位なのがそれを証明している。ハイ論破』なんて言いやがるからさぁ。……今時常考も論破も死語だろって」

「シュタイン○ゲートの再放送を見たらまた古いネットスラングが使いたくなった。反省はしていない。……まあそれはおいといて。無乳ロリからロリ巨乳まであとあらゆる年齢、体型に、マスターの好みに合わせて変身できるサキュバスが最適解ってのは昔から言われてんだよなぁ」

「そうは言っても、サキュバスはみんな肉食系じゃん。俺は清楚で、でも俺にだけはちょっとエッチなことも許してくれる優しいお姉さんが好みなわけよ。それに何より、エルフ耳って良くない？」

「エルフ耳の良さは認める。ロリエルフ自体は俺も大好物だ。だが、ロリビッチに迫られるというシチュエーションに勝るものはないわけで。……そんで？　マロはどれを選ぶよ？」

「ん〜？　そうだなぁ……」

西田の問いに、俺はランキングをざっと眺めた。ずらりと並ぶ女の子モンスターの中に、座敷童の名はない。

そのことに内心苦笑しつつ、答えた。

「俺は、座敷童かな」

俺の答えに意外そうな顔をする二人。

「座敷童？　そんなんランキングに載ってたっけ？　……載ってなくね？」

「てっきりマロはハトホルとかを選ぶと思ってたけどなぁ。マロの大好きな爆乳牛娘だし。……でもまあ、マロもようやくロリの良さがわかってきたというわけか！」

同好の士を見つけた！　と目を輝かせる西田に、手を振って否定する。

「そんなんじゃねぇって。なんかホラ……ツキを運んできてくれそうだろ？」

「え〜、幸運の女神なら他にもフォルトゥーナとか吉祥天とかいるじゃん」

東田の指摘に、俺は確かにと頷きつつ。

「まあでも今の俺には座敷童くらいがちょうど良いかなって」

「ふぅん？」

と東田は不思議そうに首を傾け、言った。

「なんか……マロ少し変わった？」

東田の言葉に、西田も頷く。

「確かに。なんか地に足がついたというか、ちょっと大人っぽくなった気がする」

「そうか？」

二人の言葉に、顎を撫でてみるが自分ではよくわからなかった。

朝鏡を見た時は特にいつもと変わりなかったが……。

「いや、顔の話じゃねぇよ。態度とか雰囲気の話」

「マロの顔はいつも通りＴＨＥ普通だから安心しろ」

「コ、コイツら……」

俺が拳をプルプルさせていると、東野がじろりと俺を睨んだ。

「マロ、お前まさか……」

「な、なんだよ？」

「前言ってたバイト先の女の子と良い感じになってきたんじゃねぇだろうな？」

何っ!?　と目を見開く西田。

「ま、まままま、まさか……彼女が……？」

そんな二人に、俺はフッとドヤ顔で笑った。

「ま、そんなところかな」

嘘は言っていない。前に言っていたバイト先の子とは蓮華たちのことだし、一気に距離が縮まったのは本当だからだ。

が、俺がそう言った瞬間、二人は安堵したように背もたれに身を預けた。

「な〜んだ、俺たちの勘違いか」

「杞憂だったな。まあマロにそう簡単に彼女できるわけねーか」

な、なぜバレたし……。

「だってマロなら本当に彼女できたら絶対俺らにはひた隠すだろうしな」

「そうそう、本当は何にもない時ほど見栄を張る。マロってそういう奴」

「ぐう……」

さすがに……俺という人間をよく理解してやがる。

とその時。

「あ、四之宮さんたちだ」

西田が扉の方を見て言った。

そちらを見ると、四之宮さんと牛倉さんが並んで登校してくるところだった。

俺の時とは違い、クラス中の人たちが率先して挨拶をしている。

それは義務的なものではなく、クラスメイトたちは笑みを浮かべ、自然とそうなっているのがわかった。

俺たちの傍を四之宮さんたちが通る。

「おはよう四之宮さん、牛倉さん」「おはよー」「お、おはよう」

「うん、おはよー」「おはよう」

俺たちの挨拶にも、四之宮さんたちはちゃんと挨拶を返してくれた。

牛倉さんに至っては、笑顔つきだ。

こういう分け隔て無いところも、彼女たちの人気の理由の一つだ。相手によって態度を変える南山辺りとは、そこが違う。

これで今日も一日元気が出る、とほっこりしていると、通り過ぎかけた四之宮さんが不意に足を止めた。

なんだろう？　と思っていると、彼女は俺の耳元に顔を寄せ。

「ね、ちょっとは目標とやらに近づいてきたの？」

そう、囁いてきた。

「え!?　あ、ああ……うん。割と順調、かな」

「そ……」

四之宮さんは小さく微笑み、去っていく。

それを見た牛倉さんは不思議そうに首を傾げつつ、彼女の後をついていった。

俺がぽかんとしていると……。

「おい、マロ！　今のはなんだよ!?」

「なに!?　今の意味深はやり取りは！」

「い、いや俺も何が何だか……」

詰め寄ってくる東西コンビをあしらいながら、四之宮さんたちの方に視線を向ける。

四之宮さんたちの加わったカーストトップグループは、先ほどとは打って変わって取り巻きたちも楽しそうで、輝いて見えた。

「おら、吐け！」

「抜け駆けなんて許さねーぞ、おら！」

「だからなんもねーって！」

そんな風に、身内だけで盛り上がりながら学校での時間は過ぎていった。


そして放課後。自宅から四駅ほど離れたFランク迷宮、その最下層にて。

俺は、迷宮主が召喚した複数のモンスターたちと交戦していた。

敵は、アルミラージという兎型のモンスター。体つきは、通常の兎よりも一回り大きい程度だが、その額には六十センチもの巨大な赤黒い角が生えていた。

角にさえ目を瞑れば、ピーターラビットのような愛らしい兎さんなのだが、その鋭い角による突進は木々に風穴を開けるほどの威力があり、コイツらが歴とした猛獣であることを物語っていた。

主の眷属召喚の力により、次から次へと現れるアルミラージの群れは、すでに十を超えている。

十体ものアルミラージによる絶え間ない波状攻撃に対し、グーラー……イライザは、見事に鉄壁の守りを見せていた。

　飛び掛るアルミラージを剛腕でたたき伏せ、死角からの奇襲を左腕を犠牲に防ぐ。そのまま腕に突き刺さった敵に食らいつくと、その傷を癒しつつ、用済みとなったソレを飛び掛ってきたアルミラージへとぶつけて攻撃を妨害。攻撃、防御、回復、妨害と流れるように行動を行う。

　その臨機応変な対応は、俺の事前にインプットした命令だけではできないもので、彼女に自分で判断するだけの自我が育ちつつあることを意味していた。

　……ハーメルンの笛吹き男との死闘をきっかけに、彼女の心は急速に育ちつつあった。

　未だ行動の基盤は俺が与えた無数の命令を元としているものの、与えた命令だけでは対処しきれない場合に自分で行動を微調整することが可能となっている。

　自分の意見を主張する、といったことはまだできないようだったが、いつか彼女も好きなお菓子を要求してきたりする日が来るのかもしれない。

　それが楽しみであった。

　そんな風に感慨深くイライザの奮闘を後ろから見ていた俺であったが、倒すよりも早く増え続けるアルミラージの群れに対し、ついに彼女の守りを抜けて俺へと攻撃をしてくるモノが現れ始めた。

　俺もスタンロッドを片手に、催涙スプレーを巻いてアルミラージに対処するも、Ｆランクモンスター相手とはいえ、やはりただの人間の身で立ち向かうのには限界があった。

「……ッ！」

催涙スプレーから免れ、スタンロッドを躱したアルミラージの一匹が、一瞬の隙をつき鋭い角を突き立てんと飛び掛ってくる。

俺が少しでもカードたちへのダメージのフィードバックを減らそうと、足元に置いてあったリュックサックを盾にした――その時。

「グルルッ！」

疾風のごとく駆けつけてきた淡緑色の影が、アルミラージへと喰らい付いた。

「ユウキ！」

その正体を悟った俺は、喜びと共に彼女の名を呼んだ。

無尽蔵に眷属を呼び続ける迷宮の主……それを索敵に行っていたクーシーのユウキが、戻ってきたのだ。

「遅くなって申し訳ありません、マスター。主を発見しました！」

「でかした！　まずはイライザといっしょにアルミラージたちを倒してくれ！」

「はい！」

ユウキがアルミラージの群れへと突撃する。

こちらへのガードをせずに済み攻撃に専念できるようになったイライザと合わせて二倍以上となった殲滅力で次々と敵を倒していく。

瞬く間に敵の群れを片付けたユウキがこちらへと振り返る。

その威風堂々とした姿には、かつての臆病だったクーシーの姿はない。

【種族】クーシー（ユウキ）
【戦闘力】160（10UP！）
【先天技能】
・集団行動
・妖精の番犬
【後天技能】
・忠誠：仕えるべき主を見出した証。忠誠心に応じてステータスの向上。
・小さな勇者：詳細不明。
・本能の覚醒：野生の本能を解放する。理性と引き換えに身体能力を向上させ、同時に精神異常への耐性を下げる。

ハーメルン戦を経て、彼女は従順スキルを忠誠スキルに、臆病を小さな勇者へと昇華させ、新たに本能の覚醒というスキルを手に入れた。

これにより、臆病で戦うこともできなかった子犬から、忠誠と勇敢さを兼ね揃えた立派な猟犬へと彼女は変わった。

ただ、彼女が得た新しいスキルのうち、小さな勇者に関してはいまいちよくわからなかった。

どうも、一部の特殊なスキルを無効化したり、自分や仲間のスキルの効果を向上させたりする効果があるらしいのだが、効果が発動したりしなかったりと不安定で、よくわからないというのが正直なところのようだ。

ある日突然消え失せていた……なんて報告も有り、謎と浪漫に満ちたスキルとしてその筋では有名なスキルらしい。

ハーメルンの笛の特殊効果を無効化したのも、おそらくこのスキルによるものだろう。

奴の反応からしても、このスキルにはまだまだ秘密がありそうだと俺は睨んでいた。

「ユウキ、主はどうだった？」

「はい、マスター。主は角を持った栗鼠《りす》で、数十匹のアルミラージに守られていました」

Eランクモンスターで角を持った栗鼠となると……ラタトクスか。北欧神話の世界樹ユグドラシルに住むとされる栗鼠で、フレースヴェルグとニーズヘッグのメッセンジャーとなり、二匹の不仲を煽り立てているという性悪リスだ。

戦闘力はさほど高くはないが、状態異常系のスキルを持ち、自身の群れの若干の強化をしてくる厭らしいモンスターではある。すでに数十匹のアルミラージたちが召喚されているというのも厄介なところだった。

となると……。

「よし、ご苦労だったユウキ。戻ってくれ」

「ご健闘を」

ユウキから主の場所を聞き出してからカードに戻し、我がパーティーの切り札を呼び出す。

「来い——蓮華！」

カードが光を放つ……が。

「あれ……？」

キョロキョロと周囲を見渡す。

確かに召喚したはずなのに座敷童……蓮華の姿が現れない。

もしかして、壊れた？　と思って慌ててカードを確認したその時。

「わっ！！！！！」

「うおおおお!?」

突然目の前に逆さまで現れた蓮華に、俺はみっともなく尻餅をついてしまった。

「キャハハハハハ！」

そんな俺を見て笑う蓮華……もといクソガキ。
コ、コイツ……最近はハーメルン戦でちょっとは協力的になったと思ったら。
ニヤニヤとした笑みを浮かべながら手を差し出してきた蓮華の手を取って立ち上がり、軽く睨む。

「反抗期は終わったんじゃなかったのか？」

「ヘッ、そんなこと言った覚えはねーなぁ。それに今日に関してはお菓子を渡さなかったお前の方が悪いんだぜ？」

なんのことだ？　と首を傾げると、蓮華はにやりとニヤリと笑い。

「トリック・オア・トリート！　いたずらされたくなきゃ、お菓子をよこしな！」

ああ、なるほど……。

俺は苦笑した。確かに、今日に限ってはコイツが正しい。

だが……。

「だが今はダメだ。主がどんどん眷属を召喚しやがるからな。おやつは主を倒してからだ」

「しょうがねぇなぁ。……その分奮発しろよ？」

「ああ」

あっさりと了承した蓮華に微笑みつつ俺は頷いた。

本当に……コイツも変わったもんだ。

出会ったばかりのコイツならば「アタシには関係ねーな」と断っていたことだろう。

だが、今はごく自然に戦闘に協力してくれている。

……もっとも、他の冒険者から見れば、それはカードとして当たり前のことなのだろう。

だが、俺たちにとっては大きな進歩だった。

その変化は、彼女のステータスにも表れている。

【種族】座敷童（蓮華）
【戦闘力】２７０（２０ＵＰ！）
【先天技能】

・禍福は糾える縄の如し
・かくれんぼ
・初等回復魔法
【後天技能】
・零落せし存在
・閉じられた心↓自由奔放（ＣＨＡＮＧＥ！）：何にも囚われないありのままの心。自由行動へのプラス補正、精神異常への耐性、一部の拘束スキルの無効化。
・初等攻撃魔法

人間に対する不信感により閉じられていた心は開かれ、彼女は生来の自由奔放な心を取り戻した。もはや、彼女の中にマスターへの隔意はない。

……いささか、自由奔放過ぎるのは困りものだったが。

戦闘には協力的になってはくれたが、その悪戯好きな性格はそのままだった。

ただ、それが不思議と不愉快ではないのは、俺も彼女たち同様変わったということなのだろう。

「さ、行くぞ！　走れ、ウタマロ号！」

「コ、コイツ……」

蓮華が意気揚々と宣言し、ふわりと俺の肩に跨る。

マスターを足代わりにするとは……こんな不敬なカードはコイツくらいだろう。

そう呆れるが、羽のように軽いのと、首筋に感じる温かで柔らかな感触が思いのほかよかったので、大目に見てやることにした。

「途中で落っこちんなよ、クソガキ」

「ヘッ、そんなヘマするかよ」

軽口を叩きあう俺たちを、イライザが心なしか柔らかな表情で見守る中、俺は軽快に走り出した。

俺のスクールカーストに変化はない。いまだ、モブのままだ。それでも……。

俺のリアルは今、少しだけ充実している――のかもしれない。

【Tips】ハーメルンの笛

イレギュラーエンカウントの中には、極まれに戦利品として魔道具を残していくものが存在する。

シンデレラのガラスの靴、浦島太郎の玉手箱、ヘンゼルとグレーテルのお菓子の家……そしてハーメルンの笛吹き男の笛。

それらの魔道具は、当人以外には使えず破格の性能を持つが、所有者はイレギュラーエンカウントとの遭遇率が上がる傾向があるため、自らを倒した者を認めた証とも獲物へのマーキングとも言われている。

迷宮攻略の大きな助けとなる空間転移の能力を秘めたハーメルンの笛。

ハーメルンの笛吹き男がこれを残していったのも「早く自分が万全の力を発揮できる高ランク迷宮までやってこい」というメッセージが込められているのかもしれない。

特別収録

――それはまだ俺たちが三人ではなく、東西南北で四人組だった頃の話。


高校入学から一週間。俺はまずまずのスタートを切っていた。

最初の関門である自己紹介は無難にこなし、友達は三人、話し相手は十人作ることができた。

話し相手の男女比は、八対二。理想的なバランスだ。女好きと思われず、かといって女子と話せない奴というレッテルが貼られない程度の、俺が中学三年間で見出したモブの黄金律だ。

入学してすぐに行われた体力テストや学力テストでは振るわなかったが、そんなのはどうでもよいことだ。悪目立ちするほど悪くなければそれでいい。

世の高校生たちにとって、最初の試練は迅速な友達作りにあると言っても過言ではない。

ここで躓けば、暗黒の高校生活を送る可能性が非常に高まるからだ。

クラス内における見えない身分差……スクールカーストは、確かに実在する。リア充たちを頂点とし、『脱落者』たちを底辺とした学校内における力関係は、あとからそう簡単に変えられるものではない。

この時期に友達を作れず孤立した者は、その真偽に関わらず『孤立するだけの理由がある奴』というレッテルを貼られることとなるだろう。

そうなれば、もはや学校に通う意味などない。

一体何のために高校に進学したのか……そう人に問われたならば、俺は『普通』から脱落しないため、と答えるだろう。

高校進学率がほぼ百パーセントである以上、高校に進学するのが『普通』。学校では友達がいるのが『普通』。停学や退学、留年をするのはあまり『普通』ではないのでほどほどに勉強は頑張り、高校を卒業したら『普通』に進学するか、就職する。それが、俺の考える『普通』の人生……。

とにかく、世の大多数の選択に身を任せておけば、それが最適解ではないにしろ、最悪の回答ということはない。出る杭は打たれる。寄らば大樹の陰。それが、この十数年の人生経験で学んだ俺の処世術だった。

親や教師などは「何か熱中できるものを見つけなさい」なんて言うが、言われてすぐに見つかりゃあ苦労はない。

そもそも、熱中するということがいまいちわからなかった。

漫画やゲームは好きだが、それとはまた話が違うのだろう。

とにかく、『普通』に友達を作って、『普通』に勉強をして、『普通』に卒業できれば、俺はそれで良かった。

……ところで、俺は高校進学にあたって自分に一つの課題を課していた。

それは、できれば一年生のうちに、最低でも高校卒業までに彼女を作ること。

中学までは彼女いない歴＝年齢の寂しい人生を送ってしまった俺だが、さすがに思春期のすべてを灰色に過ごすのは避けたい。

別に自分がスクールカーストのトップやリア充になれるとは思ってはいない。だが、『普通』に彼女を作るくらいは許されるはずだ。

できればその彼女は普通よりも可愛くて、そして巨乳であれば言うこと無しであった。

「おはよう！」

朝。登校した俺は机に荷物を置くと真っ先に友達たちへと挨拶をした。

「おっす、マロ」「おはよう、マロ」

次々に返ってくる東野と西田の挨拶に対し、最後の一人に目を向けると、どこか弱弱しい挨拶が返ってきた。

「お、おはよう……北川」

眼鏡のレンズに前髪がかかるくらいに髪を伸ばし、ところどころにニキビが目立つ少し暗めの少年。俺はにっこりと笑って彼の名を呼んだ。

「おはよう、南山」

東野と西田、南山。この三人が、高校に入って新しくできた俺の友人たちであった。

クラスの連中からは、苗字に方角が入っていることから東西南北組と呼ばれている。

ちなみに、綺麗に方角が分かれているのは半分が偶然で、半分は意図的なものだ。

最初は席が近いということで俺と東野が仲良くなり、東野の元々の友人である西田とも仲良くなり、そこであと一人『南』が入った奴が揃えば面白いということで引き入れたのが南山だった。

とはいっても、他のグループなどから無理やり引き抜いてきたわけではない。

あと一人、南が入った苗字の奴はいないかな〜と名簿とクラスを見比べていたら、スタートダッシュに失敗して孤立しかけていた南山を発見したという、ただそれだけの話だ。

試しに話しかけてみれば、オタク趣味にも理解があり、特に性格に問題も無さそうであったため、「話も合うし、明日から一緒に昼飯食わない？」という感じでそれとなくグループ入りをほのめかしてみたところ、あっさりとグループ入りをしたというわけだ。

引っ込み思案なところがあり、積極的に友達を作りにいけなかった南山にとって、俺たちの誘いは渡りに船というやつだったのだろう。

ただ、俺たちは特に気にしてはいないが、南山本人としては自分だけ後から入ってきたというところに負い目のようなものを感じているらしく、未だ若干の壁が残っていた。

まあこの時期の出会いの差など、ぶっちゃけ誤差だ。そのうち消えるだろうと、俺たちは意識せず接することにしていた。

「そういえばさぁ、そろそろ部活動見学始まるけど、みんなどこ入るとか考えてんの？」

そう話を切り出して来たのは、東野だった。その顔には、若干の緊張が見られる。チビで痩せ型の東野は、あまり運動部向きの体つきではない。もしも他のメンバーたちが一緒に同じ体育会系の部活に入ると決めた際、東野としては苦しい展開になるからだろうと思われた。

部活動の種類は、グループ形成における大きな要素だ。入学時のグループは、一時的なモノという要素が強く、時期が進むにつれ部活動での力関係が影響したモノへと変化していく。

例えば野球部などの結束力が強い部活などは、それまでのグループから離脱して野球部グループへと移動する可能性が極めて高い。

無論、同じ部活の仲間が少なかったり、部活は部活でクラスの友達は友達と割り切れる者もいるが、やはり同じ部活をしているという要素は強かった。

そんな東野の問いに対し、真っ先に返事をしたのは西田であった。

「俺は入るとしても運動部はないかな。いろいろキツそうだし」

そういう西田も、東野同様、小太りで眼鏡というあまり運動部向きの体型ではなかった。

小太りでも動ける奴は動けるのだが、西田のそれは見るからに不摂生と運動不足の賜物であった。

「俺は今のところ部活に入る気はないな。幸い帰宅部でも許されるみたいだし」

「お、俺も……」

続いて俺、南山と答えると、グループ内にホッとした空気が流れた。

もっとも、これはグループを作る段階でなんとなくわかっていた展開であった。

高校生くらいにもなると、体育会系か否かの判断くらいは雰囲気からわかってくるようになる。

ガチガチの体育会系の奴と、筋金入りの運動嫌いの奴が同じグループに所属しても、最終的には分かれるケースが多いため、最初の段階で無意識に声をかける対象から外してしまうのだ。

俺たちも、そういう同類の気配を感じ取って声をかけていたため、グループみんなで運動部を選ぶ可能性は低いと考えていた。

「部活やんないならバイトとか？」

東野の言葉に、西田が腕を組み悩む。

「バイトかぁ……正直興味はあるけど、まだ働くのは怖いんだよなぁ」

わかる、と俺たちは頷いた。

働くということは給料を得ること。給料を得るとは、相応の責任を負うということ。これまでは子供だからと許されていたことも、バイト先では許されることはないだろう。

ぶっちゃけ、ガチの大人の怒りに耐えられる自信はなかった。

「周りが年上前提ってのキツイわ」

「それなんだよな。とはいえ、高校生のうちに一度はバイトしておけ、って話はあるしな」

「バイトって始める時期が遅ければ遅いほど始め辛くなるらしいからなぁ」

西田の言葉に東野が頷き、俺もそれに続く。

「せめて煩わしい人間関係がなければいいんだけど」

そう言って西田がため息を吐くと、おずおずと南山が言った。

「ぼ、冒険者とかどうよ？　上司とか、いないし」

冒険者……、冒険者かぁ。と俺たちは脳裏にその選択肢を浮かべ。

「いや、無いな」「そんな金ねーよ」「それに、普通に怖いし」

と一笑に付した。

学生が冒険者になるには、高いハードルが存在する。

まずは、最低百万円を超える初期投資費用。百万円という額は、高校生にとってあまりに高額すぎる。それだけの金があれば、他にどれだけ遊べることか。

カラオケ、ボーリング、映画、ゲーム……。月に八万使っても一年は遊び倒せる。月に三万円程度でも、友達との遊行費としては十分だ。三年間何不自由なく過ごせるだけの金額を、冒険者になるためだけに投資するほどの情熱は、俺にはない。

次に、親の説得というハードルがある。冒険者ブームにより近年増え始めている若者の冒険者であるが、それでもそのほとんどは大学生以上だ。つまり、親元を離れている。まともな親であれば、命の危険がある仕事への許可は出さないだろう。

子供たちなどよりよほど迷宮とモンスターの怖さを知っている大人を説き伏せるには、相当な情熱が必要かと思われた。それこそ、自分の命を燃やすほどの熱量が……。

これまでの人生で、情熱らしい情熱を抱いたこともない俺では、いまいち想像できないことだった。

そして、もう一つ。重大な問題が残っていた。

それは、迷宮に潜るのは純粋に怖い、ということ。

ギルドも迷宮の難易度に応じた入場制限を設け、最下級のFランク迷宮に対してさえDランク以上のカードを必須とするという安全策を講じているが、……迷宮にはイレギュラーエンカウントという死神が潜んでいる。

高い初期投資費用を払ってまで、本物の怪物が潜むお化け屋敷を楽しむような度胸は、俺にはなかった。

冒険者の社会的地位が高い背景には、高額な収入というだけではなく、自分の命を顧みず迷宮へ潜り続ける者たちへの尊敬というか、畏怖のようなものがあるのだろう。

「南山は冒険者に興味があんの？」

笑うだけでは失礼だろうと、そう問いかけると南山はあっさりと首を振った。

「い、いや……ちょっと言ってみただけ」

「ふぅん？」

それに少しだけ引っかかるものを感じはしたものの、俺は特に追及したりはしなかった。

今はまだ、深くまで突っ込めるほどの仲ではない。

「でさ、話は変わるけど……」

そこで、東野が声を若干潜めつつ言った。

「うちのクラスで誰が一番可愛いと思う？」

『おっ！』

俄然興味のある話題になってきた、と俺たちは前のめりになった。

「とりあえず、個人の好みは置いておいて、一番かわいいのは四之宮さんってことでＯＫ？」

『異議なし』

東野の言葉に、俺たちは一糸乱れず頷いた。

四之宮さんの容姿については、我がクラスの誰もが認めるところだ。

芸能人クラスの整った顔立ち、日本人離れした足の長さ、出るところは出て引っ込むところは引っ込んだスタイル……。そのどれもが一般人レベルではなかった。

その美少女っぷりは早くも話題となっており、時折他のクラスの男子が廊下から覗きに来るほど。噂では中学生の頃から読者モデルをやっているらしく、わずか一週間にしてスクールカーストのトップが内定していた。

ギャル系が苦手な俺たちのような陰キャであっても、四之宮さんが学年で一・二を争う美少女であることは認めざるを得ない。

「一番は四之宮さん、と。じゃあ二番は？」

『うーん』

東野の問いに、先ほどとは打って変わって悩み始める俺たち。一位は文句なしに四之宮さんで確定であるが、二位からは各々の好みが分かれてくる。ここからはぶっちゃけ、自分の好みを答える場であった。

「うーん、俺は桜井《さくらい》さんかな」

最初に答えたのは西田。桜井さんは、おとなしめのグループに所属する、うちのクラスで一番背の低い女子だ。顔立ちは西田が二番に上げるように結構可愛いのだが、なんというか子供体型というか……ぶっちゃけロリ系であった。最初見た時、ウチの妹と同い年かと思ったくらいだ。

……つまり、西田の好みはそういう系なのだろう。

「西田はロリ系が好みかぁ～」

「ち、ちげぇって！　そ、そういう東野はどうなんだよ？」

暗にロリコンと揶揄された西田が、顔を赤くして問い返す。

「俺か？　俺は……大里《おおさと》さんかな」

東野の上げた名前は、ちょっとだけ意外なものだった。なぜなら、大里さんは東野が苦手であろう体育会系のグループに所属する女子だからだ。

しかも、バレー部志望だという彼女の身長は180センチを超えており、確かに美人ではあるものの、彼女より背の低い男子にとっては些か近寄りがたい娘であった。

最初は意外に思った俺であったが、改めて大里さんを観察してみると、なるほど、東野の意見もわかるような気がしてきた。

大里さんは確かに気の強い体育会系の女子グループに所属しているものの、当人の性格としては、のほほんとした穏やかな気質の娘なようだった。

常に目を糸のように細めて微笑み、喧嘩が起こるとやんわりと仲裁に入る、お姉さんタイプだ。

胸元も大変包容力があり、俺は東野の目の付け所の良さに密かに感嘆した。

「東野はお姉さん系が好みか～」

「ま、まぁな……」

「うーん、俺とは好みが真逆みたいだな。まあ友達やるにはその方が良いけど」

西田の言葉には一理あった。タイプが一緒程度なら話が盛り上がるので良いが、同じ人を好きになってしまった時の気まずさと言ったら……。友達がその娘と付き合った日には、即日友情ブレイクとまでは言わないものの、少しずつ疎遠になっていくこと間違いなしだ。

「で、マロは？」

「俺？　俺は……牛倉さん、かな」

東野と西田が、ニヤリと笑う。

「なるほど、マロは巨乳好きか」

「牛倉さん、マジでデカイもんな。学年どころか、学校で一番デカイんじゃねぇの？」

「う、うるせぇな。別に胸だけで言ってるわけじゃねぇっつの。牛倉さん、かなり可愛いじゃん？」

「でも巨乳好きなのは否定しない、と」

「まぁそれは……男の性なので」

東野の鋭い追及に、俺はしぶしぶ頷いた。

何を隠そう、俺は無類の巨乳好きであった。そして牛倉さんは、俺が今まで会ってきた中で、一番素晴らしいお胸の持ち主であった。

もっとも、俺が牛倉さんを推す理由は外見だけではなく、その性格も含めてのことなのだが……そこまでは説明する気はなかった。

「で、南山は？」

「え、お、俺？　俺は……」

チラリ、となぜか俺を見る南山。……おいおい。

「俺……とか言うなよ？」

「ち、ちっげぇよ！」

俺が冗談めかしてそう言うと、南山が割とマジ気味にキレてきた。

普段大人しいだけに、突然の激昂に少しギョッとする。

コイツ……実は結構気性が激しいのか？　思わず東西コンビと顔を見合わせる。

すると、南山もそんな俺たちの様子に気付いたのか、すぐにハッとした様子で落ち着きを取り戻した。気まずそうに座りなおす。

……南山は、自分が弄られるの嫌いなタイプなのかもな。気を付けておこう。俺は心のメモ帳に書き込んだ。

「あ～……ごめん。ちょっと二番は思いつかないわ」

「二番じゃなくても、好みでいいぞ？」

東野がそう合いの手を入れるが、南山は悩んだ様子で答えない。……もしかして。

「普通に四之宮さんがタイプとか？」

俺がそう言うと、西田がポンと手をたたいた。

「あー、なるほど。すでに一位で出てるんじゃ言い辛いわな」

「そういえば……南山は四之宮さんたちと同じ中学出身なんだっけ？」

東野が思い出したように言う。意外な情報に俺は軽く目を見開いた。

そうだったのか……。同じ中学にあんな芸能人クラスがいたら、そりゃあ他の女の子は目に入らなくなっても当然か。

「あー……うん。そんな感じ」

「ってことは、俺はロリ系、東野はお姉さん系、マロは巨乳好きで、南山はギャル系と結構好みが分かれた感じだな」

「お～、とりあえず女の取り合いで友情が壊れることは無さそうだな」

「……もっとも、取り合いになる以前の問題だけどな。俺らの場合」

俺がそう言うと、東西コンビはがっくりと項垂れた。

「それを言うなよな～」

「どうせ俺たちは彼女いない歴＝年齢の陰キャさ」

綺麗にオチがついたところで、俺たちの話題は自然とゲームや漫画の話へと移っていった。

話が合う、という理由でつるみ始めた俺たちであるので、当然話は弾む。

そんな俺たちを、南山は時折話には入ってくるものの、基本的には一歩引いた様子で見ていることが多かった。

場の空気に合わせただけの相槌と、愛想笑いに近い笑み。

後から思い返してみれば、それはどこか俺たちを馬鹿にしたような、見下したようなもので。

しかしその時の俺たちはそれに気づかなかった。気づくことができなかったのだった。

——それからというもの、俺たちは部活もせず有り余る時間を遊び倒す日々を送っていた。

特に部活に入るわけでもなく、放課後は適当にマックでだべったり、ゲーセンに行ったり、誰かのうちでゲームしたりマンガ読んだり、モンコロの動画を鑑賞したりと、だらだらと怠惰に過ごす日々。

そこに人間関係の維持以外の努力はなかったが、気の合う友人たちとのぬるま湯のような時間は、それなりに楽しく心地よいものだった。

そんな風に、俺たちが怠惰な青春を送っている間にも、スクールカーストは徐々に固定されつつあった。

単なるお調子者やファッションに多少詳しい程度の者たちが一時カーストのトップに上ってはその地位を維持できず転落していく中、当初から頭角を現していた者たちをクラスメイトたちはカーストトップとみなしつつあった。

読者モデルで学年一の美少女と名高い四之宮さん。その親友で校内一番のスタイルの持ち主である牛倉さん。高一にして１４０キロの速球を投げるという野球部の次期エース高橋。ほかの三人のように光るものは持っていないものの、ユーモアセンスとコミュ力をもってクラスのムードメーカーの地位をものにした小野。

この四人を、我がクラスのカーストトップ勢とする雰囲気が形成されつつあった。

一方、端からカースト争いに関与するつもりのなかった俺たちは、成り上がりの機会を放棄することでカースト中の下から中の中くらいを堅実にキープし続けていた。


そんなある日のこと。

放課後、俺は珍しく一人で学校に居残っていた。

五月にある体育祭にむけて、体育祭実行委員の会議に出ていたためだ。

わが校では、誰もが何らかの委員をしなくてはならないのだ。

一番不人気であるのがクラス委員長であるのは言うまでもないことだが、では一番人気の図書委員を狙えば良いのかというとそうでもない。

なぜなら図書委員の座を狙っているうちに他のそこそこ楽な委員を取られてしまい、最悪の場合クラス委員長などの過酷な役割を押し付けられてしまう可能性があるからだ。

また、まだクラスの力関係が固定化されていないこの時期に、無理に楽な委員を狙いに行くと、密かなヘイトがたまるという懸念もあった。

そういう点で言えば、体育祭実行委員はそれなりにねらい目の委員会であった。

なぜならば、一年のこの時期しか活動がないためこれを乗り切れば一年間楽に過ごせる上に、ライバルも少なく、クラスメイトたちにも精力的な姿をアピールできるのだ。

また体育祭実行委員はかならず男女のペアなので、女子と話す機会が多くなるというのも密かなメリットだ。

人前でしゃべるのが死ぬほど苦手でない限り、そこそこおすすめの委員会であった。

そんなわけで一人廊下を歩いていると……。

「あれ？　牛倉さん……？」

困った様子で廊下をうろうろしている牛倉さんの姿を発見した。

「あ……えっと……北、川くん？」

若干名前が出てくるのが遅かったことに苦笑しつつも、名前を覚えてもらっていたことに小さな喜びを感じる俺。

「どうしたん？　なんか困ってるみたいだけど」

「あ、えっと、実は家の鍵を無くしちゃったみたいで……」

「マジ？　普通にヤバイじゃん。事務室とかに落とし物は届いてなかったか確認はした？」

「うん、さっき聞きに行ったけど、まだ届いてなかったみたい」

「なるほど、じゃあ俺も探すの手伝うよ」

「え、でも」

「気にしないで」

やや強引に押し切り、一緒に鍵を探し始める。

俺は、少しだけ高揚していた。

これは、チャンスだった。

意中の女の子と距離を縮める……という不純なものではなく、借りを返すという意味で。

「ふふ……」

二人で鍵を探していると、ふいに牛倉さんが笑った。

「なんか、高校受験の日のことを思い出すね」

「あ……うん、その節は大変お世話になりました」

そう言って頭を下げる。そして内心でガッツポーズをした。

覚えていた！　牛倉さんもあの時のことを覚えていてくれたのか！

……実は、俺と牛倉さんは入学よりも前に一度知り合っていた。

それが、高校受験の日だ。

俺の今までの人生でも大一番の日、俺は致命的なミスを犯していた。

あろうことか、受験会場で受験票を無くしてしまったのだ。

家を出るときに持っていたのは確認しているし、会場に入ってからも一度確認している。しかし、いざ係員の人に見せる時に、受験票が無くなっていることに気づいたのだ。

青ざめた俺は、係員の人が呼び止めるのも聞かずに、受験票を探すために走り出した。

幸い直前まで暗記物をしようと思っていたため時間に余裕はあった。

そうして受験票を探し始めた俺だったが、校門から教室までの短いルートだというのになぜか見つからない。

刻一刻と過ぎていく時間。増していく不安と恐怖。

すれ違う受験生たちは、困る俺の姿を見ても一瞥をするのみで声もかけてくれない。当然だ、この日ばかりは自分のことで精いっぱいなのだから。

俺が半ば恐慌状態になっていたその時、声をかけてくれたのが、牛倉さんであった。

彼女は、もうあまり時間もないというのに俺と一緒に受験票を探してくれた。

その甲斐あって、俺は茂みに引っかかっていた俺の受験票を無事見つけ出し、試験を受けることができたのだった。

……もっとも、受験票がなくても係員の人に言えば普通に受けることができたらしいのだが、その時の俺にはその容姿もあいまって比喩抜きで彼女が女神に見えたものだった。

その後同じクラスということを知って運命を感じたものだったが、彼女はカーストトップが内定している四之宮さんの親友ということもあり、モブキャラの俺では話しかけることも、あの日のお礼を言うこともできずにいた。

彼女の方も特に俺に話しかけてくることもなかったため、俺のことなど覚えていないのだろうと思っていたのだが……まさか覚えていてくれたとは。

「あー、やっぱりあの時の人、北川くんだったんだ。全然話しかけてきてくれないから、人違いかと思ってた」

「あ、いや、別に忘れてたとか感謝してないとかじゃなく、単純にどう話しかければよかったのかわからなかったというか……」

俺が慌てて言い訳をすると、彼女は軽く噴き出し。

「フフッ。大丈夫、わかってるよ。私も女子ばっかりで固まってたし、話しかけ辛いよね」

「あ、うん。そんな感じッス」

実際は男子と女子の壁以上に、カーストの壁を感じて話しかけられなかったのだが、俺はそう言った。

と、その時。

「あ、もしかして、これ……」

俺は火災報知器の脇に光るものを見つけ、手を伸ばした。

それは、可愛らしくデフォルメされたミノタウロスらしきキャラクターのキーホルダーがついた鍵であった。

「あ、それそれ！　あ〜、良かったぁ、ありがと〜」

牛倉さんに見せると彼女はそれを握りしめてホッと安堵の息を吐いた。

それから悪戯っぽい笑みを浮かべると……。

「これで貸し借り無しってことで……これからは気軽に話しかけてきてくれると嬉しいな。せっかく同じクラスなんだから」

「あ、ああ……！」

単なる社交辞令かもしれない。だが、もしかしたら今後彼女と普通に話せるようになるかもしれない、という期待に俺の心は高鳴った。

そのままの流れで、同じ最寄り駅ということで俺たちは一緒に帰ることになった。

こんな機会が訪れることはもう残りの学生生活で無いかもしれない、と俺は一生分の会話を楽しむことにした。

「へぇ、じゃあ北川くんも妹さんがいるんだ！　確かにお兄ちゃんって感じがするかも」

「そう、今年で小五。も、ってことはそっちも？」

「うん。うちは上もいて、姉一人に、妹二人。一番下は妹さんと同級生だね」

「四人姉妹!?　すごいな、漫画みてー」

「あはは、良く言われる」

……楽しい。爆乳で美少女の同級生と、楽しく談笑しながら帰宅する……。これ以上の幸福があるか？　断言する。無い。俺は天国にいるような気分で会話を楽しんでいた。

初めてちゃんと話した牛倉さんは、思いのほかコロコロと沢山笑う女の子で、話していることちらも自然に笑顔になる。

このままずっとこの時間が続けば良いのに……俺がそんなことを考えていた、その時。

「んっ……!?」

俺は不意に強い視線を感じて振り返った。

「どうしたの？」

「あ、いや……誰かが見てたような気がしたから」

すぐに姿を消してしまったから、よく見えなかったが……あれは、南山？　いや、あいつだったら普通に話しかけてくるだろうし、違うか……。

それに、南山だったら、あんな凄まじい顔で睨んでくることもないだろうしな……。

俺はわずかに引っかかるものを感じつつも、それを振り払い牛倉さんとの会話を再開した。

――――南山が冒険者デビューを公表したのは、それから一週間後のことだった。


「おはよう……ん？」

朝。学校に登校すると、教室の空気がおかしかった。

なんだろう、と首を傾げていると、扉近くの席だった男子が話しかけてきた。

「あ、おい、北川。お前、知ってたのか？」

「うん？　なにを？」

「だから……アレだよ」

そう言って彼が指さす先を見ると、そこにはクラスの半数以上が集まる人だかりがあった。

その中心にいるのは、我がクラスのカーストトップ集団と……南山？

俺が場違いな所にいる友人に困惑していると、彼らの声が耳に届いた。

「まさか南山が冒険者だったとはなぁ～！」

……え？　俺は思わぬ言葉に南山を凝視した。アイツが……冒険者？

みんなに囲まれた南山は、照れたように、しかしどこか自慢げに笑っている。

「いやぁ……冒険者って言っても最近なったばかりの一ツ星だけどね」

「いやいや、それでも十分凄いって！　死ぬかもしれない迷宮に潜ってるんやろ？　大したもんやで」

「小野の言う通りだよなぁ。野球で死ぬことはまずないけど、冒険者は違うもんな。いや、素直にすげえわ」

小野が称賛し、高橋がそれを認めると、クラスの中に「南山ってすごい！」という空気が急速に広がっていった。

「南山ってカッコいいな！　尊敬するわ」「ねぇねぇ！　迷宮の中ってどうだった？」「どんなカード持ってんの？　ちょっと見せてよ！」

……………………………………………………。

なんだ……これは……。

確かに昨日までは俺と同じカーストだったはずの友人が、カーストトップ勢に称賛されクラスの中心にいる……。

それは、俺にとって世界が揺らぐほどの衝撃だった。

なぜ、どうして……南山が、そこにいる？

そこは……俺たちのようなモブキャラでは、絶対に立てないはずの場所なのに……。

その時ふと、牛倉さんの姿が目に入った。彼女は、軽く目を輝かせて南山を見ていた。感心と尊敬の眼差し。

それは、俺では決して向けられないもので……。

俺が茫然と立ち尽くしていると、東西コンビがやってきた。

「よ、よう、マロ。おはよう」

「お前、南山が冒険者だって知ってた？」

「……い、いや、知らなかった。お前らは……？」

「俺らももちろん知らなかったよ。今日の朝いつも通り話してたらさ、突然南山が冒険者ライセンスを取り出して『俺、実はちょっと前から冒険者やってんだよね』って」

「そしたら近くの席の奴が騒ぎ出して、今に至るって感じ」

「な、なるほど……」

落ち着け……。何動揺してんだよ、俺。静かに深呼吸をする。

こんなもん、一過性のものに過ぎない。今はクラス初の冒険者ということで騒がれているが、すぐに熱は冷めるだろう。

そうなれば、またいつも通りだ。

俺たちは変わらず友達で、今日の昼も一緒に飯を食って、放課後はどこかに遊びに行くのだろう。

だというのに、みんなに囲まれている南山の姿を見ると、俺は胸にざわつきが起こるのを止められなかった。

「つと、もうこんな時間か」

「じゃあ南山くん、またあとでもっと話を聞かせてくれよ！」

「ああっ！」

チャイムが鳴り、みんなが我に返ったように席へと戻っていく。

俺も自分の席へと向かう中で、近くを南山が通りかかった。

「よ、よお、南山」

「ん？　ああ……」

南山は、どことなく冷たい態度でこちらを一瞥した。

それに戸惑いつつ、努めていつも通りに話しかける。

「驚いたよ、冒険者だったなんて。言ってくれりゃよかったのに」

「……別に、そんな義務ねーし」

「……え？」

「悪いけど、時間ねーから」

そう言って、足早に去っていく南山を、俺は茫然と見送ることしかできなかったのだった。


それから。

一時の騒ぎかと思われた南山だったが、やつはそのままカーストトップに定着しつつあった。

それに伴い、南山の態度も徐々に変わり、外見も変化していった。

引っ込み思案気味で人見知りだった性格はどこへ行ったやら、積極的に人と話すようになり、授業中なども教師に対して冗談を飛ばすようになった。

野暮ったい印象を与えていた髪を美容院で流行りの髪型にカットし、眼鏡をコンタクトに変えた。

その変化は、時にクラスメイトたちに「調子に乗っている」「傲慢になった」という印象を与えることもあったが、不思議なことにそれが逆に南山のカーストトップとしての地位を盤石のものにしていた。

今の南山には、多少の陰口くらいものともしない『勢い』があった。

それは、間違いなくカーストトップの者が持つオーラそのものであった。

そして、残された俺たちはと言えば、完全に奴と疎遠になっていた。

カーストトップグループとつるむようになった南山に対し俺たちは声をかけ辛く、奴は奴でこちらに話しかけてこなくなった。

まるで、もう用済みだと言わんばかりに……。

そんなある日、廊下でたまたま一人だった南山に、俺たちが話しかけるチャンスが生まれた。

少しだけ躊躇しつつも、東野が南山へと声を掛けた。

「よ、よお、南山。久しぶりだな」

「ん？　……ああ」

柔らかい表情で振り向いた南山は、相手が俺たちだと気づくと顔から愛想を完全に消した。

「なんか、久しぶりだな」

「ああ……」

「あれだ、冒険者てやっぱ大変なのか？」

「別に……」

「その、なんだ……今日久しぶりにゲーセンでも行くか。最近話せてなかったしな」

「はぁ……」

どうにも弾まない会話に、最後に東野がそう誘いをかけると、南山が小さくため息をついた。

「あのさぁ……気軽に話しかけてくんなよ。俺とお前らじゃもう、ほら、わかるだろ？」

なっ⁉　と呆気にとられる俺たち。

南山が俺たちを格下だと思っていることは、態度から察していた。

だが、こんなにもはっきりと口に出すとは……。

衝撃が大きすぎて、今は怒りすら湧いてこない。

「それじゃ、そういうことで」

そんな俺たちをよそに、南山はもう完全に興味がないと言った様子でその場を去っていった。

「なんだ、あれ！」「カーストトップになったらもう前の友達は要らないってことかよ！」

一拍遅れ、東野たちが憤慨する。それも当然のことだ。

南山が冒険者宣言をする前は、俺たちは確かに友達だった。一緒に飯を食い、授業ではペアを組んで、漫画やゲームの貸し借りをし……俺たちは平等な友達だったはずだ。

怒りと悔しさと悲しみがこみあげてくる。

だが、一方でどこか納得している自分も、心のどこかにいた。

南山という人間は、引っ込み思案で人見知りの気があり、はっきり言って友達作りに向いた性格ではなかった。俺たちがグループに引き入れなければ、ずっと一人で孤立していたのではないだろうかと思うほどであった。

俺たちは、そんな一人では友達も作れない南山を心のどこかで見下し、内心で距離を取り、それを奴も察していたのではないだろうか。

だとすれば、この決裂も、必然のことだったのだろう。

……だが、それでも……今のは、さすがに酷すぎる。

内心で複雑に渦巻く感情を飲み込んで、俺はひとまず二人へと声をかけた。

「とりあえず中に入ろう。そろそろ授業が始まるし……」

「ああ……」

未だ怒り冷めやらぬ二人を促し、教室へと入る。

すると、相変わらずみんなに囲まれた南山の姿が目に入ってきた。

何か小野が冗談でも言っているのか、みんなで楽しそうに笑っている。

その傍には、四之宮さんと牛倉さんの姿もあった。

結局、あれから牛倉さんとは一度も話していない……。

南山が楽しそうに牛倉さんといる一方で、俺は彼女に近づくこともできない。

それが、スクールカーストの壁……。

「……ッ！」

その瞬間、俺の胸に火が灯った。これまでの人生で一度も感じたこともない熱量。

それは、悔しさだった。

俺たちを切り捨てて、南山がスクールカーストのトップになったことへの悔しさ——ではない。

自分には何もないということへの悔しさだった。

俺自身に何もないから、何の魅力もないから、たった数メートル先の女の子に話しかけることすらできない。

それが、北川歌麿という人間の価値。これまでの人生の価値。

今まで意識もしてこなかったそれが、今、なぜだか無性に悔しかった。

——俺も、あの中に入りたい。入っていけるようになりたい。

ガキの頃から、クラスの人気者たちが教室の中心で楽しそうにしているのを、端っこの方から見続けてきた。

運動会でも、学芸会でも、遠足でも、修学旅行でも、体育の授業や休み時間だって……いつも脇役に徹してきた。

今まではそのことに対する後悔はなかった。

無理にクラスの中心に入り込もうとしていたら絶対苦労していただろうし、自分がそういう性分ではないと早い段階で理解していたからだ。

だが……憧れはあった。

誰にはばかることもなく、みんなの中心で楽しそうに騒いでいる奴らへの憧れは、確かにあったのだ。

十数年間蓋をし続けてきたその気持ちが、今開いた。

南山を見る。もはや、クラスの誰もアイツがそこにいることを疑問に思っている奴はいない。

……なれるのか。俺や南山みたいな、何も持っていないモブでも。カーストトップに、リア充になれるのか。

冒険者って、そんなに凄いのか。その肩書には、そこまでの価値があったのか。

こんな方法が……あったのか。

まずは、認めよう。南山は、すごい。

こんな方法でスクールカーストの壁を破るなんて、想像もしてなかった。

そして何よりも、俺のようにモブキャラだからと諦めずに、スクールカーストの成り上がりを目指したこと……それを尊敬する。

用済みとばかりに捨てられたことへの怒りもあるが……それ以上に尊敬する。

だから、俺も一つ挑戦してみることとしよう。

俺も、冒険者になる。

そして、カーストトップに、リア充になる。

俺は牛倉さんの姿を見ながら、そう決意したのだった。

《了》

あとがき

この本で私を知った方は初めまして、ＷＥＢ版や過去作で私を知っている方はお久しぶりです。百均です。

この度は拙作『モブ高生の俺でも冒険者になればリア充になれますか？』（以下、モブ高生）を手に取っていただきありがとうございます。

モブ高生は、モブキャラのマロこと歌麿が、スクールカーストでの成り上がりを目指して冒険者になり一発逆転を目指す、というお話となっております。

モブキャラなのに主人公ってどういうことだよ、結局モブじゃないじゃん……そう思った方。

私は、モブキャラとは『自分に自信がない人』と考えています。

自分に自信がないから積極的に前に出ていくことができない。成功する自分のイメージが浮かばないから物事に挑戦することができない。結果、その他大勢に埋もれていく。

逆に自分に自信がある者たちはどんどん前に出て、色んなことにチャレンジして、結果として周囲に認められリア充になっていく。

それがスクールカーストの仕組みだったんじゃないかな、と自分の学生生活を振り返って思います。

そして自信には根拠が必要で、それは容姿だったり運動神経だったり偏差値やあるいは友達の多さだったりするわけです。

モブ高生は、そんなどこにでもいる自分に自信のないモブキャラが、一癖も二癖もあるカードたちと出会い冒険していくことで少しずつ自分に自信を持って変わっていくお話となっております。

モブキャラの主人公に感情移入しながら、少しずつ成長していく過程を楽しんでいただければ幸いです。

……ちなみに、根拠のない自信はただの慢心なので注意しましょう。慢心を抱いたまま突っ走ると痛い目を見ます（実体験）。

最後に、謝辞を。

担当のH様、イラストレーターのｈａｉ先生、ＷＥＢ版を評価してくださった読者の方々、この小説が本になるまでに尽力してくださったすべての皆様。本当にありがとうございます。

特に素敵なイラストを描いてくださったｈａｉ先生には、作者の脳内イメージを超える魅力的なキャラクターたちを産み出していただき、感無量です。

そしてこの本を買ってくださった方々へ、心から感謝いたします。

この本が少しでも面白いと思ってもらえることを祈って。

２０２０年1月下旬　百均

ブレイブ文庫

レベル1の最強賢者2
〜呪いで最下級魔法しか使えないけど、神の勘違いで無限の魔力を手に入れ最強に〜

著作者:木塚麻弥　イラスト:水季

邪神によって『ステータス固定』の呪いをかけられて異世界に転生したハルト。呪いのおかげで無限の魔力を得た彼は、専属メイドのティナや、チートなクラスメイトたちと楽しい学園生活を送っていた。そんな中、ハルトたちは学校行事でエルフの国・アルヘイムを訪れる。そこでティナとの結婚をかけた武闘大会に参加したり、精霊王シルフのナビで世界樹を探索したり、アルヘイムを堪能していたハルトたち。ところが、人族の国のひとつ・アプリストスがアルヘイムに戦争をしかけてくる。ティナとクラスメイトのリファ……二人の祖国を守るためにハルトは立ち上がるが、その裏では邪神に連なる悪魔が暗躍していた。

定価：760円（税抜）

ブレイブ文庫

嫌われ勇者を演じた俺は、なぜかラスボスに好かれて一緒に生活してます3

著作者:らいと イラスト: かみやまねき

ラスボス(美少女)が勇者に惚れた!?

(元)最強勇者と(元)最強ラスボスによる世界を救うスローライフ開幕!

世界を滅ぼす魔神【デミウルゴス】との決戦の直前で、仲間たちに嫌われて一人きりになってしまった勇者アレス。実はそれは、生きて帰れないかもしれないラスボスとの戦いに仲間たちを参加させられなくなったため、あえて嫌われ者を演じて自分から離脱するように仕向けたのだ。一人でデミウルゴスと戦うことになったアレスは、その命と引き換えに平和を取り戻した……はずが、なぜか生きていて、しかも隣にはラスボスの姿が。いつの間にか彼女に惚れられたアレスは、世界を救うための生活を送り始める!

定価:760円(税抜)

BRAVENOVEL
ブレイブ文庫

モブ高生の俺でも冒険者になればリア充になれますか？

2020年2月28日　初版第一刷発行
著　者　　百均
発行人　　長谷川　洋
発行・発売　株式会社一二三書房
〒101-0003 東京都千代田区一ツ橋2-4-3
光文恒産ビル
03-3265-1881
印刷所　　中央精版印刷株式会社

■本書は小説投稿サイト「小説家になろう」（http：//syosetu.com/）に掲載された作品を加筆修正し書籍化したものです。

ISBN 978-4-89199-611-6